엄마와 나,
두 개의 서정시

엄마와 나, 두 개의 서정시

말하지 못했던 마음이 서로에게 닿기까지

초 판 1쇄 2026년 02월 03일

지은이 강혜진, 김선윤, 김희진, 김우진, 이석경, 안주원, 안주하, 한지유, 김미예
펴낸이 류종렬

펴낸곳 미다스북스
본부장 임종익
편집장 이다경, 김가영
디자인 임인영, 윤가희, 윤영빈
책임진행 송가희, 김은진, 이예나, 안채원, 국소리, 이지영

등록 2001년 3월 21일 제2001-000040호
주소 서울시 마포구 양화로 133 서교타워 711호, 808호
전화 02) 322-7802~3
팩스 02) 6007-1845
블로그 http://blog.naver.com/midasbooks
전자주소 midasbooks@hanmail.net
페이스북 https://www.facebook.com/midasbooks425
인스타그램 https://www.instagram.com/midasbooks

ISBN 979-11-7355-700-2 03810

값 18,500원

미다스북스는 다음세대에게 필요한 지혜와 교양을 생각합니다.

엄마와 ───────── 나, 두 개의 조언서

강혜진

김선윤

김희진

김우진

이석경

안주원

안주하

한지유

김미예

필요한 조정 시간 마음이 서로에게 닿기까지

♥

미다스북스

제 3 장 '싫어',
♥   숨겨진 말들의 의미

우리 가족을 소개합니다

김선윤 `딸`
김희진 `엄마`
우리는 11년 차 모녀 사이, 책 읽어주는 감성적인 엄마와 책 읽기를 좋아하는 이성적인 딸. 함께 카페 가는 걸 좋아합니다.

김우진 `손자`
이석경 `할머니`
게임과 말 잘하는 손주와 마음이 먼저 닿는 할머니가 서로의 하루를 글로 배우는 가족입니다.

안주원 `아들`
안주하 `딸`
강혜진 `엄마`
엉뚱하고 에너지 넘치는 아들, 미주알고주알 일상을 들려주는 애교쟁이 딸, 그런 아들딸이 예뻐 잔소리보단 사랑한다는 말을 더 자주 들려주고 싶은 엄마입니다.

한지유 `둘째딸`
김미예 `엄마`
책 대신 게임으로 돈을 버는 중3 둘째 딸, 못마땅하지만 돈이 좋은 엄마의 티격태격 충돌하면서도 사랑하는 우리입니다.

들어가는 글

2025년 여름, 아이와 함께 공저를 쓰자는 제안을 받았습니다. 가슴이 설레었습니다. 읽고 쓰는 것이 삶을 얼마나 풍요롭고 윤택하게 하는지 이미 경험해 본 저였습니다. 언젠가 기회가 된다면 이 좋은 경험을 아이들도 해보면 좋겠다고 생각하고 있었기 때문입니다. 문제는 아이들이 글쓰기를 원할까 하는 것이었습니다.

우여곡절 끝에 두 아이 모두 공저 작업에 참여하기로 마음을 정했습니다. 좋은 것이든, 나쁜 것이든 당사자인 본인이 결정하고 실행하지 않으면 엄마인 나도 절대로 억지로 시킬 수 없다는 것을 알기에 오래 설득하며 기다렸지요. 아이들이 원한 것이 '저자'라는 이름이었는지, 함께 쓰는 과정이었는지, 혹은 책이 나오고 난 뒤의 성취감이었는지 저는 알 수 없습니다. 다만 무얼 쓸까 고민하고 자신의 이야기를 꺼내 놓는 사이 조금이라도 성장했다면 그것으로 충분하다고 생각합니다.

네 분의 작가님과 다섯 아이가 함께 글을 썼습니다. 할머니와 손자, 엄마와 딸, 그리고 엄마와 아들. 사춘기를 지나고 있는 아이도, 성장의 문턱에서 마음이 여물어 가는 아이도, 그리고 그 곁을 지켜보는 어른들도 모두 같은 마음으로 글을 썼을 겁니다.

지난 두 달 동안 아이와 함께 쓰기 시작하면서 공저자들과 한 가지를 약속했습니다. 아이와 싸우지 않고 아이를 믿고 기다리자는 것이었습니다. 매일 아침 단체 채팅방에 안부를 물으며 "오늘도 싸우지 말고 열심히 써 봐요." 하고 인사를 남겼지요. 제가 다짐한 것은 원고 마감 시간까지 기다려주기였습니다. 아들딸에게는 원고 마감 날짜만 알려준 채 잔소리를 삼켰습니다.

마감 며칠 전까지 한 줄도 쓰지 못했던 아들이, 원고 마감날이 되자 머리를 싸매고 글을 뚝딱 써내는 걸 보며 놀랐습니다. 이미 몇 권의 책을 쓰고 매일 아침 블로그 글을 발행하는 나조차도 원고 한 페이지 쓰는 데 몇 날 며칠이 걸릴 때가 있거든요. 마감 시간 넘기지 않을 테니 잔소리하지 말고 기다려보라는 아들의 말은 빈말이 아니었습니다. 그 과정에서 아이를 믿고 기다리는 법을 배웠습니다. 조급함을 내려놓았더니 아이는 엄마가 이끌 때보다 더 큰 역량을 발휘했습니다. 누군가의 손에 이끌려 온 것이 아니라 스스로 한 발자국씩 달려 골인 지점에 도착한 아이들. 그만큼 성취감도 크게 느꼈을 거라 생각합니다.

엄마와 나, 두 개의 서정시

이 책에는 세상을 사는 정답도, 대단한 가르침도 없습니다. 대신 엄마 (할머니)의 문장과 아이의 문장이 나란히 놓여 있습니다. 서로를 바라보며 사랑하는 순간이 글에 고스란히 담겨 있습니다. 글 속의 에피소드가 이 책을 읽는 독자들의 그것과 크게 다르지 않을 것입니다.

1장에는 〈'처음', 잊지 못할 기억들〉에 대해 썼습니다. 처음 엄마가 되었던 날, 처음 여행을 떠났던 기억, 처음 소중한 무언가를 손에 쥐었을 때의 떨림. 그 모든 처음에 설렘이 배어 있고 좌충우돌 시행착오가 곁들여져 있습니다. 독자들의 처음과 비교해 보며 공감하고 위로받을 수 있을 거라 생각합니다.

2장에는 〈'기다림', 취향을 알아가는 시간〉에 대해 썼습니다. 무언가를 간절히 기다렸던 경험이 있지요? 마음만 앞서고 시간은 더디게 흘렀던 순간들을 담았습니다. 기다림 끝에서 작은 기쁨을 만났고, 조금 더 단단해진 나를 만났던 경험을 썼습니다. 참아낸 시간을 통해 마음이 자랐던 이야기를 담았습니다.

3장에서는 〈'싫어', 숨겨진 말들의 의미〉에 대해 이야기합니다. 가족에게는 조금 편하게 싫다는 말을 할 수 있지요. 그 말속에 나를 떠나지 않을 거라는 믿음, 사랑이 변하지 않을 거라는 안심이 담겨 있다는 걸 깨달았던 경험을 펼쳤습니다.

4장에서는 〈'언어', 마음으로 이어지는 말들〉이라는 주제로 이야기를 풀었습니다. 말로 표현하지 않으면 닿지 않는 마음이 있습니다. "미안해." "고마워." 짧지만 어려운 이 말들이 마침내 마음에서 마음으로 전해진 순간을 담았습니다.

5장에서는 〈'함께', 완성으로 나아가는 우리〉라는 주제로 글을 썼습니다. 부모와 자녀로 만나 가족이 되었지만, 우리는 서로 다른 존재입니다. 그래서 더 묻고, 더 배우며, 함께 성장합니다. 이 장은 '함께' 살아간다는 것의 의미를 천천히 짚어 봅니다.

한여름, 마음을 내고 가을에 집필을 시작한 이 이야기는 겨울이 깊어지는 동안 천천히 한 권의 책이 되었습니다. 쉽게 써 내려간 문장도 있었고, 생각이 앞서 한참을 멈춘 날도 있었습니다. 서로의 문장을 읽다 웃음이 터진 날도 있었고, 같은 일을 전혀 다르게 기억하는 서로를 보며 식탁 앞에서 열띤 토론을 이어간 날도 있었습니다. 같은 시간을 살고 같은 것을 겪어도 그것을 각자의 방식으로 기록한다는 사실을 글 쓰며 깨달았지요. 더 자주 표현하고 더 깊이 소통해야겠다고 다짐하는 계기가 되었습니다.

아이들의 글을 읽으면서 기뻤습니다. 아직 어리다고만 생각했던 아들, 딸이 사실은 이런 깊은 생각을 하고 있었구나, 그때의 일을 아이는 이렇게 기억하고 있구나, 한 번도 말로 표현하지 않았던 아이들의 속마음까지 읽을 수 있는 기회였습니다. 엄마인 저 또한 마찬가지였습니다. 아이 덕분에 살면서 처음 해 본 경험들과 낯부끄러워 표현하지 못했던

엄마와 나, 두 개의 서정시

말, 가족에 대한 고마움과 사랑을 글 속에 담을 수 있었습니다.

서로 다른 네 가족이 쓴 이야기. 가족의 모습은 다르지만 글 속에 담긴 마음은 닮아 있었습니다. 누군가는 조심스럽게, 누군가는 솔직하게, 누군가는 처음으로, 자기 마음을 글로 꺼내 놓은 이 글이 독자들을 만나는 동안 겨울이 녹고 다시 봄이 오겠지요. 아이를 키우며 부모는 아이에게, 아이는 부모에게 배우고 성장한 이야기가 여러분 가족의 이야기와 닿아 있기를 바랍니다.

2026년 1월
강혜진 드림

제 1 장

♥

'처음',
잊지 못할 기억들

강렬한 색깔이나 온도로
기억되는 '처음'이 있나요?

1.

처음 여행

김선윤

처음이라 우당탕탕이었지만 솔직히 재밌었다.

나에게 여행은 삿포로가 시발점이었다. 첫 해외여행이었고, 여행의 즐거움을 알게 되었다.

내 여행은 크게 다섯 가지로 나눌 수 있다. 첫 번째는 여행 준비. 두 번째는 공항에서 있었던 일. 세 번째는 일본 호텔에서 있었던 일, 구매한 물건. 네 번째는 관광지, 음식. 다섯 번째는 엉망에 대한 것. 이제부터 내가 경험한 첫 번째 여행을 쓰려고 한다.

첫 번째는 여행 준비. 내가 삿포로에 가고 싶었던 때는 1학년 겨울이었다. 당시 엄마는 2학년 겨울방학에 가자고 했다. 한번 미룬 해외여행. 엄마는 또 '다음에'라고 했다. 그래서 내가 말했다. 더 이상 미룰 수 없다고. 그제야 엄마는 삿포로 여행을 계획했다. 엄마는 바빠졌다. 떠나기 전까지 핸드폰으로 '구매하기' 버튼을 대여섯 번 눌렀을 것이다. 장갑, 캐리어, 긴 양말, 방수 바지, 패딩 같은 겨울용품들을 사기 위해서다. 엄마는 친구 도움을 받았다. 일본 전문 여행사에서 일을 한다고 했다. '보물섬'이라는 패키지여행을 소개했다. 드디어 3박4일 삿포로 여행을 하게 되었다. 아빠는 여행을 가지 못해서 나에게 특별 주문했다. 어떤 주문이었는지 일부만 말해보겠다. 꽃게 튀김, 멜론 포키, 수프 카레, 볶음 컵라면, 치즈케이크 등이었다. 대부분 홋카이도에서만 살 수 있는 먹을 것들이었다.

두 번째는 공항. 인내심이 없으면 절대 갈 수 없다. 진심으로 다시는 해외여행을 가고 싶지 않다는 생각도 들었다. 인천공항 갈 때, 아빠가 차로 공항까지 데려다줘서 그나마 다행이었다. 지하철 기다리는 것도 해야 하니까. 공항에서 기다림 단계를 설명하자면 이렇다.

1단계, 짐을 부친다. 2단계, 면세 구역으로 들어가는 줄을 선다. 3단계, 비행기 탈 시간까지 면세점에서 기다린다. 하지만 아무것도 사지 않았다. 왜냐하면 엄마가 사주지 않기도 하고 벌써 돈을 쓸 수는 없기 때문이다. 4단계, 비행기 연착이 될 수 있다. 5단계, 진짜 탑승할 때도 줄을 서서 기다려야 한다. 6단계, 비행기가 이륙할 때까지 가만히 앉아 참아야 한다. 비행기에서 내릴 때도 마찬가지였다. 인내심 기르기에 딱 좋다. 짜증 내기에 꽤 좋은 환경이다. 밖은 겨울이지만 실내는 한여름 같았다. 두꺼운 옷을 벗어 손에 들기도 귀찮아서 더 그랬다.

엄마와 나, 두 개의 서정시

세 번째는 일본 호텔과 쇼핑한 물건에 대해 말해보겠다. 일본 호텔에서 가장 신기했던 것은 수돗물을 마실 수 있다는 점이었다. 호텔 1층에 편의점도 있었다. '편의점의 나라' 다웠다. 그리고 음료수 자판기도 편의점 못지않게 많았다. 목이 말라죽을 일은 거의 없어 보였다. 마지막 날 시내 면세점에서 산 물통과 가방은 학교 갈 때 쓰려고 샀다.

네 번째는 관광지와 음식에 관해 쓰려고 한다. 기억에 남는 풍경은 자작나무 숲이다. 〈겨울 왕국 2〉 실사판을 찍어도 될 듯한 풍경이었다. 오타루는 온통 빙판길이라 미끄러워 힘들었지만, 아름다운 오르골을 살 수 있었다. 일본 음식들은 거의 다 짜고 느끼했다. 라멘, 수프 카레, 대게는 먹다가 포기했다. 라멘은 물 없이 못 먹고, 수프 카레 재료는 나에게 너무 크고, 게는 먹기 불편했다. 반면에 샤부샤부는 맛있었고, 아이스크림은 산뜻했다. 느끼한 걸 먹지 못하는 사람은 각오하고 가길.

다섯 번째는 엉망이었던 일에 대해 말해보고자 한다. 하루에 나쁜 일이 세 번 일어났다. 셋째 날 호텔 방에 곰돌이를 두고 나왔다. 그리고 온천에서는 난간에 머리를 찧었다. 낮에는 오타루에서 길을 잃어 난리 나기도 했다.

최고로 좋았던 일은 눈을 가지고 마음껏 놀 수 있었다는 점이다. 반대로 최악은 길을 잃었던 때다. 눈을 좋아한다면 꼭 가보길 바란다. 다음 여행지는 라벤더가 피는 '5월의 삿포로'다.

만약 홋카이도에 간다면 빙판, 감기, 추위 조심하기를 바란다. 그리고 오타루의 오르골 공방에서 시간 가는 줄 모르고 구경할 수 있으니, 손목에 시계를 차고 다니는 것을 권장한다. 핸드폰을 보면서 오타루 빙판길을 걷는다면 뇌진탕이나 뼈가 부러질 수 있다.(길을 잃었을 때 슬프고 기운 빠졌던 엄마한테 미안하지만, 솔직히 나는 빙판길 걷기가 즐거웠다.)

엄마와 나, 두 개의 서정시

2.

잊지 못할 처음 기억

김희진

지금은 웃으며 말할 수 있는 추억이 3박4일만큼 쌓였다.

처음은 사라지지 않는다. 새하얀 기억의 온도처럼.

몇 겹인지 세지도 못할 눈이 쌓여 있었다. 생크림처럼 보드라워 보였
다. 한국에서 보던 눈과는 차원이 달랐다. 겨우내 쌓인 눈은 녹을 틈이
보이지 않았다. 사방이 온통 하얀색이었다. 자작나무로 유명한 '탁신관'
에 도착했다. 사람들은 자작나무 길을 배경으로 사진 찍기에 바빴다. 윤
이는 자작나무에는 관심이 없었다. 눈사람을 만들겠다며 쪼그리고 앉았
다. 장갑 낀 손으로 땅바닥에 쌓인 눈을 모았다. 삿포로 눈은 뭉쳐지지
않았다. 몇 번 시도하더니 자기 주먹만 한 눈덩이를 두 개 만들었다. 나
뭇가지를 붙여 눈사람이라며 좋아했다. 잘 보이는 곳에 올려두고 전시
관으로 들어갔다. 남은 시간이 많지 않아 자작나무 숲은 제대로 보지 못
했다. 누군가는 기껏 삿포로 가서 눈사람이나 만드느냐고 타박할 수도

있겠지만, 눈 구경 마음껏 하게 했다. 이번 여행은 윤이를 위한 여행이기 때문이다. 삼 년 기다렸다. 여행 가려고 세뱃돈을 모았다. 어른들이 주는 돈, 허투루 쓰지 않고 여행 비용 봉투에 담았다. 윤이의 꿈인 눈 덮인 삿포로 여행은 엄마인 내가 실현해 줘야 했다.

막상 가려고 하니 걱정과 두려움이 앞섰다. 윤이랑 해외여행이라니. 하루만 나갔다 들어와도 피곤한데 3박4일 잘 지낼 수 있을까. 다음에 가자는 말에 윤이는 입을 삐쭉 내밀었다. 이번에도 미루면 안 될 것 같았다. 여행사에서 일하는 친구에게 연락했다. 여름에 미리 부탁했었다. 겨울에 여행 갈 계획이라고. 일정은 친구에게 맡겼다. 패키지여행으로 결정. 구석에 박혀있던 여행 가방부터 꺼냈다. 오랜만이라 뭐부터 해야 할지 막막했다. 내 마음과는 다르게 윤이는 신났다.

여행자로 오게 된 인천공항. 낯설었다. 윤이 임신하기 전 일하던 곳. 처음 여행하는 사람처럼 두리번거렸다. 티켓을 발권하는 키오스크가 보였다. 뭘 눌러야 할지 몰라 검지를 들고 화면을 더듬거렸다. 디지털 시대 아이답게 윤이가 먼저 발권 버튼을 찾았다.

가이드를 기다리면서 메모하는 윤이. 우리는 이 여행을 전자책으로 남기기로 했다. 남겨온 메모를 보며 여행 이야기를 써냈다. 『첫 해외여행, 두려움이 설렘으로 바뀌는 시간』, 『10살, 나의 첫 해외여행 삿포로』. 초등학교 4학년 윤이에게 초안이 될 첫 해외여행. 두껍게 쌓인 삿포로 눈처럼 윤이도 경험을 차곡차곡 만들게 될 것이다.

엄마와 나, 두 개의 서정시

내 첫 해외여행은 쌀이 유명한 일본 니가타현이었다. 도쿄 같은 도시가 아닌 시골. 삿포로 여행을 도와준 친구가 당시 유학하고 있던 곳이었다. 지금은 일본 전문 여행 베테랑. 친구 덕분에 난생처음 항공권을 샀다. 그때까지 제주도에도 가본 적 없었다. 영어도 일본어도 못하는 사람이 친구 하나 믿고 비행기를 탔다. 비행기 왕복표만 달랑 들고. 일본에 있던 친구가 딱 하나 부탁한 게 있었다. 우리가 흔하게 먹는 조미된 '김'이었다. 친구의 고모는 일본인과 결혼해 니가타에서 살고 있었다. 주변 사람들에게 나눠주려고 하는 것 같았다. 한국 '조미 김'은 인기가 많았다. 김 한 박스, 가벼웠다. 문제는 일본 니가타 공항에 도착했을 때였다. 입국 심사를 마치고 짐을 찾고 나가는데, 세관원이 일본어로 질문했다. 이게 뭐냐고 묻는 건가 싶어 대답했다. 문제 될 것 없는 물건이라 여기며 자신 있게.

"김! 이요."

알아듣지 못한 것 같았다. '미음' 발음이 부정확했나 싶어서 위아래 입술을 꼭 다물며 '김'의 '미음' 발음을 끊어 또박또박 말했다.

"기. 임."

그랬더니 말없이 손짓만 하는 세관원. 그냥 가라는 뜻인 듯했다. 지금 생각해 보니 어이가 없다. 우리말을 알아들을 리 없는 일본인에게 한국말을 한 거였으니 말이다.

윤이에게 내 처음 여행 이야기를 들려줬다. 흥미롭다는 듯 미소를 지으며 다른 이야기 또 해달라고 했다. 내친김에 여행 이야기보따리를 풀었다. 실수담은 얼마든지 있으니까.

아름답고 멋진 일보다 실수와 실패담이 기억에 남는다. 처음은 어설프고 때로는 엉망이기도 하다. 윤이와의 여행에서도 마찬가지였다. 여행 셋째 날 아침, 짐을 싸서 나왔다. 다른 숙소로 출발할 버스에 오르던 순간, 윤이는 곰돌이를 침대에 두고 왔다며 눈을 동그랗게 떴다.

007 작전을 펼쳤다. 일명 곰돌이 구출 작전. 손발이 척척 맞았다. 내가 카드키를 받는 동안 윤이는 엘리베이터로 달려가 올라가는 버튼을 눌렀다. 엘리베이터에서 내리자마자 뛰어가 방문을 열고 침대로 달려가 찾아서 나오는 시간은 단 1초. 또다시 후다닥 엘리베이터를 타고 내려왔다. 버스 출발 시간 안에 무사히 곰돌이를 구출했다.

실수는 끝나지 않았다. 오타루에서는 패키지여행임에도 길을 잃었다. 인천공항에 도착해서는 수화물 찾는 곳을 착각했다. 반대로 간 덕분에 여객터미널 동편과 서편을 오갔다. 그땐 화도 나고 아찔했지만, 지금은 웃으며 말할 수 있는 추억이 3박4일만큼 쌓였다.

윤이와의 첫 여행을 통해 나의 첫 해외여행을 떠올렸다. 아이에게는 모든 게 처음이다. 그리고 나에게도. 아이와 한 모든 첫 순간마다, 내 처음을 기억한다. 지난겨울 여행은 윤이와 나, 둘이 하는 첫 해외여행이었다. 그 기억이 행복해서 우리는 두 번째 여행을 약속했다.

엄마와 나, 두 개의 서정시

비행기를 타려고 다리를 건너는 윤이의 미소. 순수하고 맑았다. 그 순간을 놓치지 않고 사진에 담았다. 여행을 기다리던 설렘은 여행이 끝나도 사라지지 않는다. 새하얀 삿포로 기억은 마음에 따스하게 남았다. 완벽한 여행이 아니어도 괜찮다. 오히려 우당탕했던 기억이 더 기억에 남으니까. 실수, 짜증까지도 시간이 지나면 따스한 색으로 번진다. 아이는 조금 자랐고, 나는 조금 달라졌다. '처음 여행 기억'을 하나 쌓았다. 여행을 통해 아이는 넓은 세상을 배우고, 나는 기다림을 배웠다. 윤이가 보여준 미소가 오래도록 내 마음에 남았다. 여행이 끝난 뒤, 사진보다 오래 남는 건 기록이었다. 윤이는 아빠를 위한 선물을 꺼내면서 그곳의 기억을 떠올렸다. 다시 찾은 곰 인형을 보면서 긴박했던 순간으로 돌아갔다. 훗날 우리는 또 이런 말을 하게 되겠지.

"그때 삿포로 참 좋았지?"

3

이슬이를 만난 날

김우진

처음이라 서툴렀지만, 그날의 따뜻함은 아직도 선명하다.

2년 전 봄, 동네 할머니 집 앞에서 손바닥만 한 새끼 고양이가 "야옹야옹" 울고 있었다.

회색 털이 잔뜩 젖어 있었고, 눈은 작게 반짝였다. 그때 나는 아홉 살, 동생 우현이는 여덟 살이었다.

우린 고양이가 너무 불쌍해서 어미를 찾아봤지만 아무리 둘러봐도 없었다. 동네 할머니가 말씀하셨다.

"얘들아, 집에 데려가서 잘 돌봐주면 좋겠구나."

동네 할머니는 작은 상자를 가져와 고양이를 조심스럽게 넣어 주셨다. 내가 고양이 머리를 쓰다듬자, 고양이는 눈을 감고 골골 소리를 냈다. 그 소리가 신기하고 귀여워서 나와 우현이는 서로 얼굴을 마주 보며 같이 웃었다. 집에 오자마자 따뜻한 물을 받아 고양이를 씻겨 주었다.

엄마와 나, 두 개의 서정시

처음엔 물이 무서워서 몸을 쭈뼛거리며 '야옹' 하고 뒤로 숨었지만, 내가 손바닥으로 등을 살살 쓸어주자 금세 마음을 놓았다. 수건으로 털을 닦아주니 뽀송뽀송 솜사탕처럼 변했다. 고양이 얼굴에 코를 대고 킁킁 냄새를 맡아 보니 흙냄새 대신 샴푸 향이 났다. 그날 우리는 고양이 간식 '츄르'를 처음 사 와 맛보게 하려고 내가 먼저 맛을 보았다. 츄르는 두 가지 맛이었다. 내가 감기에 걸렸을 때 짜 먹는 감기약처럼 생겼다. 하얀색과 노란색이었다. 하얀색 튜브는 비릿한 냄새가 났고, 속이 울렁거렸다. 노란색은 닭고기 맛이 났지만, 냄새가 안 좋았다. "이걸 고양이는 맛있다고 생각하나 봐."

우현이와 눈이 마주치자 우린 또 웃었다. 고양이에 대해 더 알고 싶고 잘 키우고 싶어서 『고양이 키우는 법』이란 책을 읽었다. 엄마에게 말했다. "엄마, 고양이 화장실이랑 장난감, 캣타워도 필요해요!"

며칠 뒤, 우리 집 거실에는 고양이 화장실과 하얀색 캣타워가 생겼다. 고양이는 캣타워 위에서 꼬리를 살랑살랑 흔들며 도도한 표정을 지었다. 이름도 지었다. 눈이 이슬처럼 맑아 이슬이다. 이슬이의 발바닥은 탱글탱글 젤리 같고, 털은 보들보들하다. 울음소리는 "야옹야옹" 마치 노래처럼 들렸다. 이슬이는 내게 작은 생명도 소중하다는 걸 알려주었다. 그날 이후 나는 생명을 함부로 대하지 않게 되었다.

이슬이를 데려온 그날 밤, 나는 잠이 오지 않았다. 이슬이는 내 방구석에서 조그맣게 "야옹" 하고 울었다. 불을 끄면 무서울까 봐 불빛을 켜

두었다. 이슬이는 천천히 내 침대 쪽으로 오더니, 내 베개 옆에서 동그랗게 몸을 말고 누웠다. "이슬아, 괜찮아. 이제 우리 집이야." 내가 속삭이자 이슬이는 꼬리를 살짝 흔들었다.

그 순간, 이슬이의 작은 코끝에서 따뜻한 숨결이 느껴졌다. 고양이의 몸은 작지만, 심장은 '쿵, 쿵' 하고 빠르게 뛰었다. 이슬이의 작은 심장 소리를 들으니 내 마음도 같이 두근거렸다.

이슬이가 편히 자도록 나는 손을 살짝 얹었다. 손끝에 닿은 털은 여전히 보들보들했고 따뜻했다. 이슬이는 "골골" 노래를 부르더니 눈을 감고 잤다. 나도 그 소리를 자장가처럼 들으며 천천히 잠이 들었다.

아침에 눈을 번쩍 떴다. 몸을 일으키려는데 배 위에 이슬이가 있었다. 길고 털이 풍성한 꼬리는 내 팔 위에 있었다. 이슬이는 내 배 위에서 자고 있었고, 꼬리는 내 팔 위에 얹혀 있었다. 그 모습이 너무 귀여워서 웃음이 났다. 이슬이는 하품하며 나를 빤히 바라봤다. 그 눈빛이 '우린 이제 친구야.'라고 말하는 것 같았다.

그날 나는 처음으로 생명을 돌본다는 기쁨을 느꼈다.

이슬이는 단순한 고양이가 아니다. 나에게 가족이자 친구, 그리고 마음을 따뜻하게 해주는 존재다. 작고 연약한 고양이를 돌보면서 생명을 책임지는 마음을 배웠다. 처음에는 무섭고 낯설었지만, 시간이 지나면서 서로에게 가족이 되었다.

그저 귀엽다고만 생각한 이슬이에게 매일 밥을 주고 털을 빗겨주었다. 생명은 사랑으로 자라고 나는 이슬이를 돌보며 조금 더 어른이 되었다는 것을 알게 되었다. 이슬이는 내 손끝에서 자라고, 나는 이슬이를 통해 마음이 자랐다.

태어남이 가르쳐준 사랑의 첫걸음

이석경

처음이라 두려웠지만, 그 순간부터 사랑은 시작되고 있었다.

삶의 시작은 마음이 넓어지는 순간에서 비롯한다.

딸의 탄생은 내 인생의 새로운 시작이었다. 손가락 열 개, 발가락 열 개를 세며 기도하던 그날,

나는 '엄마'라는 또 다른 생명을 얻었다.

1992년 9월 한가위 아침. 햇살은 부엌 창문을 통해 거실을 비스듬히 비추고 있었다. 주방엔 전 부치는 냄새, 송편 찌는 솥은 김이 올라 주방과 거실에 가득 차오르던 날이었다. 배가 단단해지면서 아래쪽으로 뭉치는 느낌이 들었다. 조금 있으면 나아질 거라 스스로 달래며 버텼다. 명절이라 그냥 그냥 넘기려 했다. 9월 25일이 예정일이었고 아이는 아직 나올 기미가 보이질 않았다. 하지만 몸은 나에게 작은 신호를 보내고

엄마와 나, 두 개의 서정시

있었다. '이제 곧 만나러 갈 거야.' 차례상을 차리던 중, 나는 시어머니에게 조심스레 말씀드렸다. "어머님, 배가 살살 아파요." 그 말을 듣자마자 시어머니는 나를 쳐다보더니 깜짝 놀라며 소리쳤다.

"아범아! 차례는 우리가 알아서 할 테니 걱정하지 말고, 어서 병원으로 가거라." 제사상에 올릴 밤을 깎던 남편은 눈을 동그랗게 뜨고 용수철 튕기듯 벌떡 일어났다. "어미가 진통이 오는 것 같으니, 빨리 데리고 가거라." 시댁인 서울 잠실에서 수원 남문까지 차창 밖의 가을 들녘은 유난히 평화로웠다. 가는 동안 내내 배가 화장실에 가고 싶은 것처럼 살살 아팠다가도, 시댁을 출발해 수원에 도착하니 언제 그랬냐는 듯 잠잠해져서 병원은 가지 않았다. 그렇게 하루, 이틀, 일주일이 흘렀다. 여전히 진통은 없었다. 불안한 마음에 산부인과로 향했다. 10월 1일, 국군의 날이었다. 진찰하면서 의사 선생님이 말씀하셨다. "양수가 없고 탯줄이 아기 목을 감고 있으니 산모와 아기 모두 위험합니다. 지금 당장 수술해야 합니다". 세상이 멈춘 듯했다. 그 순간 나는 한 가지 소망밖에 없었다. '부디 살아만 있어라.'

유명한 영국의 다이애나 왕세자빈도 첫 출산 때 극심한 정신적 압박과 예기치 않은 위험 속에서 아이를 품었다고 한다. 아이를 품어 낳는 일은 '일상의 기적'처럼 보이지만, 실제로는 늘 위험과 사랑이 함께 걸어가는 과정이다. 과학적으로도 출산은 여성이 인간의 생애 중 가장 높은 통증 지수와 심장박동 변화를 겪는 순간이라고 했다. 그런데도 엄마들은 "손가락 열 개, 발가락 열 개면 돼요."라는 말을 반복한다. 사랑은 두려움보다 큰 힘을 낸다는 걸 스스로 입증하듯이.

조금만 늦었어도, 산모와 아이 둘 다 위험했을 겁니다. 의료진의 분주한 손길 속 수술을 마치고 눈을 떴을 때 나는 제일 먼저 물었다. "손가락, 발가락 열 개씩 있나요?" 시어머니는 숨을 고르며 "건강하고 다 있어."라며 고개를 끄덕이셨다. 아직 눈으로 보지 못했기에 그 말이 가슴 깊이 와닿지 않았다.

병원에서는 유리창 너머로 하루에 단 한 번만 아이를 볼 수 있었다. '단 한 번'을 기다리는 하루는 기도로 가득 찬 시간이었고, 복도를 걸어가는 발걸음조차 떨렸다. 창문 앞에 서는 순간, 작은 포대기 속의 아기가 나를 향해 아주 미세하게 눈을 떴다. 세상이 멈추고, 아이의 작은 표정은 이렇게 말하는 듯했다. "엄마, 나 왔어요." 아기의 표정이 그렇게 말하고 있었다. 아주 미세한, 그러나 분명한 미소를 지었다. '엄마'가 된후 받은 첫 선물이었다. 그 미소는 마치 하늘 가득 흩뿌린 폭죽 같았다.

그날은 아이의 탄생과 함께 내 인생이 '엄마로서' 다시 시작된 순간이었다. 세상은 여전히 바쁘게 돌아갔지만, 내 마음만은 늘 새로웠다. 해마다 명절과 국군의 날이 돌아오지만, 그해만큼 눈부셨던 날은 없었다. 그날은 내 인생의 '처음'이자, 한 생명이 나를 엄마로 불러준 순간이었으

엄마와 나, 두 개의 서정시

니까.

　오늘날 뇌과학에서는 '옥시토신'을 '사랑의 호르몬'이라고 부른다. 아이를 안는 순간 터져 나오는 이 호르몬은 모든 공포를 지우고, 관계를 단단하게 붙잡는 힘을 만든다. 책임을 축으로 한 사랑, 의무를 동력으로 한 애정이 바로 그 생물학적 작용에서 비롯된다.

　그래서일까. 아이가 내게 온 날, 내 마음은 한 단계 넓어졌다. 마치 오래된 집의 창문을 활짝 여는 순간처럼, 바람이 들어오고 빛이 바뀌는 것처럼. 그러나 반대 상황도 있다. 누구는 태어남이 기쁨보다 두려움을 먼저 남기기도 한다. 계획에 없던 임신, 경제적 불안, 깨진 관계 속에서 아이를 맞이해야 하는 이들도 있다. 사랑은 늘 '별처럼 반짝이는 순간'에서만 시작되는 것이 아니다. 때때로 '어둠 속에서 헤매며 손을 내밀던 순간'에서 시작되기도 한다. 그런데도 사람이 다시 일어나는 이유는 하나다. 누군가를 향한 책임이 사랑을 다시 불러오기 때문이다.

　긴 시간이 흘러, 이제 나는 할머니가 되었다. 그날 내 품에 안겼던 아이. 딸의 아들인 손주의 손을 잡고 걸을 때마다, 그때의 떨림이 되살아난다. 손가락 열 개, 발가락 열 개, 그리고 웃는 얼굴

　모든 것이 세상에서 가장 완벽한 사랑의 형태였다. 사랑은 책임에서 자라고, 책임은 관계를 단단하게 만든다. 그렇게 나는 엄마가 되었고,

지금은 또 다른 세대의 사랑을 바라보는 할머니가 되었다.

"사랑은 누군가를 품는 순간 시작되고, 책임을 품는 순간 완성된다."

5

엄마와 처음 떨어진 기억

안주원

엄마가 영영 돌아오지 않을까 봐 겁이 나던 날이 기억난다.

 일곱 살, 유치원에 다닐 때부터였다. 유치원 마치면 동생을 챙겨서 학원 버스를 타고 피아노 학원으로 갔다. 피아노, 드럼 수업이 끝나면 다시 학원 버스를 타고 집으로 왔다. 학원 다니기 전까지는 엄마와 같이 하교했지만 학원 다니고 난 후부터는 동생과 나, 둘이서 하교했다.

 평소와 다를 바 없이 학원 갔다 집에 온 날이었다. 학원은 엄마와 아빠가 퇴근하기 전에 끝났기 때문에 집에 오면 아무도 없을 때가 많았다.
 집에서 동생과 저녁 시간을 보내고 있었다. 아빠도 운동하러 가서 밤에 들어올 때가 많았고 마침 그날이 그랬다. 잠시 기다리면 엄마가 퇴근할 거라고 생각했다. 엄마 없이 우리끼리만 집에 있던 경험이 많지 않았다. 그날따라 하필 아빠도 없었는데 엄마가 늦어도 너무 늦었다. 별일 아니겠지 조금 기다리면 오겠지 생각하며 책을 읽었다. 하지만 책을 보고 또 봐도 엄마는 집에 오지 않았다.

　그때는 내가 매우 용감하다고 생각했기 때문에 동생 앞에서 당황한 기색을 보이고 싶지 않았다. 한 권, 두 권, 셀 수도 없이 책을 읽으며 엄마가 오지 않는 무서움을 잊으려고 했다. 스마트폰도 없었고 집 전화도 없었다. 엄마에게 연락할 방법이 없으니 더 불안했다. 시간이 갈수록 점점 초조해졌다.

　엄마가 영영 집에 오지 않는 건가? 지금까지 이런 적이 없었는데? 문득 겁이 났다. 나 하나만 챙기기도 힘든데 엄마, 아빠 대신 동생의 보호자가 되었다는 생각이 들면서 마음이 무거워졌다. 엄마는 왜 아무 말도 없이 늦나 걱정이 쌓여갔다.

　어느덧 해가 다 지고 7시. 깜깜한 밤이 되었다. 9시면 자던 나에게는 꽤 늦은 시간이었다. 동생은 나에게 자꾸만 엄마가 언제 오냐고 물어보며 배가 고프다고 했다. 그러더니 갑자기 울기 시작했다. 어떻게 해야 할지 몰라 동생을 달래고 대충 먹을 것을 챙겨주었다. 나도 잠이 오고 배가 고팠지만 동생이 울면 내가 더 힘들어지기 때문에 어쩔 수 없었다. 동생은 먹을 것을 먹곤 배가 불렀는지 곧 잠이 들었다.

　동생이 잠들고 나니 혼자만 있는 기분이 들었다. 그러는 동안 9시가 다 되어갔지만 엄마가 없다는 생각에 잠이 오지 않았다. 혼자 노래도 부르고 딴생각도 하고 장난감도 만지며 시간을 보냈다.

　　　　　　　　　　　엄마와 나, 두 개의 서정시

시간이 얼마나 흘렀는지 동생이 일어났다. 집 안은 조용했고 나는 괜히 시계를 몇 번이나 쳐다보았다. 텔레비전도, 불도 켜지 않은 채 그냥 엄마가 오기를 기다렸다. 밖에서 발소리가 들릴 때마다 엄마일까 하고 귀를 기울였다. '조금만 더 기다리면 오겠지.' 하며 현관문을 열고 나가 엘리베이터가 몇 층으로 가는지 우리 집과 같은 층으로 오지 않을까 쳐다보았다. 그리곤 계속 지나쳐 가는 엘리베이터를 보며 실망하고 다시 집으로 돌아갔다. 초조한 마음에 시간이 더 안 가는 것 같았다.

그렇게 시간은 계속 흐르고 이번에는 짜증이 나기 시작했다. 엄마는 왜 우리에게 아무 말도 하지 않고 나가 늦을까? 왜 나를 이렇게 무섭고 힘들게 하지? 서러워졌다.

그러다 어느 순간, 현관문 도어락 비밀번호 누르는 소리가 났다. 자다 깬 동생과 나는 엄마를 보며 울었다. 꾹 참으려 했지만 동생이 우니까 나도 따라 눈물이 났다.

엄마는 이 상황이 재미있다는 듯 웃었다. 엄마가 웃는 게 너무 짜증 났다. 나는 엄마가 올 때까지 엄청 무서웠는데 엄마는 그걸 모르는 듯했다. 그래서 더욱 짜증이 났다.

중학교 2학년이 된 지금까지도 생생히 기억난다. 엄마, 아빠 없이 나와 동생 단둘이 남겨져 있었던 공포의 몇 시간이 쉽게 잊지지 않는다. 지금이야 엄마, 아빠가 말없이 늦게 들어와도, 며칠 여행을 다녀와도 괜찮을 만큼 자랐지만 어릴 때의 몇 시간은 나에게 캄캄한 어둠 같았다. 그때는 내가 또래보다 용감하고 어른스럽다고 생각했었는데 이제 와서 보니 엄마와 몇 시간 떨어져 있는 것으로 눈물을 흘릴 정도로 어렸었다. 겨우 일곱 살이었으니 당연한 것이었다. 엄마가 현관문을 열고 들어오던 그 순간 느꼈던 안도감이 지금도 생생하다. 그날, 만에 하나 엄마와 아빠가 없는 상황이 온다면 내가 동생의 보호자 역할을 해야 한다는 것을 알게 되었고 그 이후로 나는 동생에게 엄청 어른스럽게 행동하고 있다.

문득 엄마, 아빠가 계셔서 다행이라는 생각이 든다. 내가 기댈 수 있고 나를 보호해 주는 엄마가 집으로 돌아온다는 것만으로도 매일 행복하고 감사할 만한 일이라는 걸 깨닫게 되었다.

엄마와 나, 두 개의 서정시

6.

나의 첫 스마트폰

안주하

드디어 나에게도 스마트폰이 생겼다.

초등학교 4학년 11월. 처음으로 나에게 스마트폰이 생겼다. 요즘 아이들은 빠르면 유치원 때, 늦어도 초등학교 입학 선물로 스마트폰을 갖는 친구들이 많다. 나처럼 4학년이 되어서야 처음 스마트폰을 가지는 경우는 드물다. 그래서 그전까지는 핸드폰을 갖고 있는 친구들을 볼 때면 부럽기도 하고 속상하기도 했다.

스마트폰이 없던 시절엔 친구들이 단체카톡방에서 이야기한 걸 나중에 따로 들을 때가 많았다. 게임도 같이 즐기지 못했다. 나만 모르는 이야기를 친구들이 나눌 때 혼자 외로운 기분이 들기도 했다. 수업 시간에도 그런 감정을 자주 느꼈다. 스마트폰으로 자료를 보거나, 파일을 전송해서 과제를 제출할 때도 있었다. 스마트폰으로 설문조사에 참여할 때도 있었다. 그럴 때마다 나는 선생님이 보관하던 태블릿을 따로 꺼내 쓰거나, 선생님의 스마트폰을 빌려서 써야 했다. 친구들이 자연스럽게 자신의 스마트폰을 꺼내 쓸 때, 선생님께서 "개인 스마트폰 없는 사람?" 물어보시면 괜히 부끄러워서 얼굴이 빨개졌다. 아무도 뭐라고 하진 않았지만 창피했다. 친구들이 나를 안됐다는 눈으로 쳐다보는 것 같았다.

등하교할 때는 통학버스를 탄다. 스마트폰이 없어 버스 시간을 맞추기가 너무 어려웠다. 내가 평소에 자주 타는 통학버스의 시간 두세 개 정도는 외우고 있었다. 가끔 아파서 조퇴하거나, 학교를 마치고 친구들과 놀다 집으로 오게 될 때, 갑자기 평소와 다른 시각에 버스를 탈 일이 생기면 곤란할 때가 많았다. 스쿨 버스 시간표를 종이에 써서 학교에 다녔지만, 놀다가 필통 속 메모를 꺼내보며 버스시간이 되었는지 알아보는 것도 불편하긴 마찬가지였다.

우리 반에 나처럼 스마트폰이 없던 친구들이 몇 명 있긴 했다. 그런데 한 학년씩 올라갈 때마다 한 명, 두 명, 모두 새 스마트폰을 갖게 되었다. 스마트폰이 없던 친구들과 같이 "우린 아직도 폰 없네." 얘기하며 웃을 수 있었는데, 이제는 정말 나 혼자만 폰이 없는 신세가 된 적이 있었다. 스마트폰을 갖고 싶다는 마음이 점점 커져만 갔다. 정작 부모님께 스마트폰을 사 달라고 말하는 것은 쉽지 않았다. 우리 가족은 평소에도 대화를 자주 나누는 편이고, 부모님은 항상 나와 오빠에게 스마트폰이 필요하면 말하라고 하셨다. 그래도 나는 쉽게 입이 떨어지지 않았다. 그때 당시에는 스마트폰을 갖고 싶다고 말하는 게 철이 없다고 느껴졌

엄마와 나, 두 개의 서정시

다. 오빠는 6학년이 되어서야 처음 스마트폰을 가졌기 때문에 4학년인 내가 지금 스마트폰 사달라고 말하는 게 이기적인 것 같다는 생각도 들었다. 그래서 부모님께는 스마트폰이 없어도 괜찮다고만 했고 속으로는 기대를 하면서 먼저 사주시겠지 조용히 기다리고 있었다.

　어느 날, 엄마께서 스마트폰이 필요하지 않느냐고 물어보셨다. 있으면 좋겠다고 얼버무렸지만, 혹시 하는 마음에 가슴이 두근거렸다. 그때 나는 노트북으로 오후 8시 30분부터 오후 9시까지 진행하는 독서 모임에 참여하고 있었다. 모임을 편하게 진행하려면 스마트폰이 필요했다. 엄마께서도 그걸 아시고 내게 스마트폰을 사준다는 결심을 하신 것 같다. 그날부터 부모님께서는 나의 스마트폰에 대해서 고민하셨고, 결국 나는 스마트폰을 처음으로 받을 수 있게 되었다.

　내가 처음 가진 스마트폰은 연보라색이었다. 처음 스마트폰을 받았을 때 색이 정말 예뻐서 아직도 기억에 남는다. 평소에 스마트폰이 없어 불편했던 것들이 많았는데, 이젠 나도 그 불편함을 겪지 않아도 된다는 생각에 가슴이 두근거렸다.

　다음 날 학교에 평소보다 일찍 나가서 친구들에게 폰이 생긴 것을 말하고, 전화번호를 교환했다. 연락처 목록이 늘어나는 게 그렇게 뿌듯할 수가 없었다.

지금은 스마트폰이 내 생활의 일부가 되기도 했고, 당연한 것처럼 느껴진다. 그래도 스마트폰을 받던 때의 설레던 기분을 잊을 수가 없다. 스마트폰을 남들보다 조금 늦게 가지게 되었지만, 오히려 그 덕분에 스마트폰이 생긴 날이 더 특별하고 소중하게 느껴졌다.

7.

처음 엄마가 되던 날

강혜진

너를 통해서야 비로소 마주할 수 있었던 엄마의 첫 기억을 들려줄게.

아침 6시, 화장실에서 확인한 테스트기에 선이 보였다. 하나는 선명한 진분홍색. 나머지 하나는 한참을 들여다봐야 겨우 보일까 말까 한 희미한 연분홍색. 이걸 한 줄이라고 봐야 하나, 두 줄이라고 봐야 하나. 조마조마해 테스트기를 하나 더 사용해 봤는데 결과는 똑같다. 확인하고 싶었다. 그런데 난생처음 산부인과에 가려니 혼자 갈 엄두가 나지 않았다. 사촌 언니에게 전화해 같이 가달라고 했다.

진료 전, 소변을 모아 오라며 간호사가 내민 종이컵엔 '강혜진 산모'라고 적혀 있었다. '산모'라니. 아직 검사 결과도 안 나온 나에게 '산모'란 호칭이 붙다니. 어색하고 당황스러웠다. 평생 엄마로서 느낀 첫 기분이었다.

침대에 누운 내 뱃속에 작은 아기집이 생긴 것을 확인했다. 당황스럽던 기분이 묘한 감격으로 바뀌었다. 오케스트라의 웅장한 연주를 들을 때, 열심히 가르친 아이들이 학예회에서 보란 듯이 공연을 멋지게 해낼 때, 한일전에서 우리나라 선수가 일본팀의 골대를 시원하게 가르고 골을 넣었을 때 느꼈던 기분과 비슷했다. 진료가 끝나고 산모 수첩을 얻어서 집으로 왔다. 실감이 났다. 이제 나도 엄마다. 진짜진짜진짜 엄마다. 뱃속 아이에게 태산이라는 태명을 지어주었다.

세상에서 가장 예쁜 아이가 뱃속에 들어있을 거라고 생각했다. 콩닥콩닥 심장 소리만 들려주던 태산이 얼굴이 궁금해 밤마다 상상했다. 그런데 임신 20주. 초음파 검사 끝나고 받은 흑백 초음파 사진 한 장. 사진 속 태산이의 얼굴은 아무리 들여다봐도 도통 예뻐 보이지 않았다. 축 늘어진 입꼬리가 딱 나를 닮은 것 같았다. 아빠 입술을 닮았으면 좋았을 텐데. 파란 옷을 준비하라는 의사 선생님의 힌트에서 태산이는 아들이라는 걸 알았다. 시아버지는 처음 임신 소식을 들었을 때보다 아들이라는 말에 더 크게 기뻐하셨다.

2011년 4월 25일이 출산 예정일이었다. 공교롭게도 하루 전날이 하나뿐인 남동생의 결혼식이었다. 혹여 아기가 예정일보다 일찍 세상 밖으로 나오면, 남동생의 결혼식에 참석하지 못할까 봐 마음 졸이며 시간을 보냈다. 간절한 마음을 어찌 알았을까? 남동생 결혼식 날, 아침부터 한복을 차려입고 결혼식장을 종일 뛰어다니는 동안에도, 태산이는 거짓말

엄마와 나, 두 개의 서정시

처럼 뱃속에서 얌전히 잘 있어 주었다. 덕분에 무사히 결혼식을 즐길 수 있었다.

진통이 느껴지면 언제든 분만실로 가려고 일찍이 출산 가방을 싸 놓았지만 임신 40주를 꽉 채우고도 태산이는 밖으로 나올 기미가 없었다. 의사 선생님은 예정일 아침 일찍 가방을 싸서 유도분만을 하러 오라고 했다. 4월 25일 아침 8시, 고기를 구웠다. 빈속에 출산하려면 힘드니까 잘 챙겨 먹고 병원에 가라는 선배 엄마들의 말이 떠올랐다. 삼겹살 세 줄에 밥 한 그릇을 비우고 남편과 병원으로 갔다.

분만 대기실 침대에 누워 촉진제를 맞았다. 배에서 진통이 느껴지기 시작했다. 그런데 점심이 지나가고 저녁이 되어도 그대로였다. 내 옆에 누워 있던 산모들은 하나둘 분만실에 들어가 아기를 안고 회복실로 떠나는데 나는 촉진제를 맞아도 배가 살짝 아팠다 말았다만 반복할 뿐 차도가 없었다. 언제쯤 태산이를 안아볼 수 있을까 조바심이 나기 시작했다.

4월 26일. 전날 아침 삼겹살 세 줄을 먹은 이후론 계속 굶었다. 밤새 진통이 반복되는 동안 고통이 얼마나 클지 두려워하던 마음은 온데간데 없이 사라졌다. 도대체 언제까지 이렇게 계속 아파야 하는 걸까, 배가 고파 죽겠는데 물도 한 모금 못 마시게 하니 아픈 와중에 인내심이 바닥나고 있었다. 잠시 괜찮아진 틈을 타 분주하게 오가는 간호사를 불러세우고 물었다. 나같이 이렇게 오래 촉진제를 맞는 사람도 있냐, 잔잔한 진통만 하다 갑자기 쑥 아이를 낳는 산모도 있냐. 그러다 다시 진통이 시작되면 침대 난간을 부여잡고 용을 쓰며 버텼다.

그 사이 여기저기서 전화가 많이 왔다. 아이는 태어났느냐, 언제쯤 나올 것 같으냐. 모두 궁금했을 터. 분만실 밖 휴게 의자에서 잠을 설치며 기다리던 남편도 이제는 벨 소리가 귀찮은지 신호가 한참 울려야 겨우 전화를 받을 지경에 이르렀다.

오후 3시. 분만 진행 상태를 보러 들어왔던 의사가 심전도 그래프를 보더니 다급하게 보호자를 찾았다. 아이의 심장 박동 수가 급격히 오르고 있으니 긴급 수술을 해야겠다고 했다. 보호자의 수술 동의가 있어야만 제왕절개 수술을 진행할 수 있다는 것이었다. 밖에서 기다리던 남편은 휴대 전화를 두고 어디론가 나간 모양인지 연락 두절이었다. 밤새 진통하는 나를 보고도 아무 표정 없던 간호사들은 보호자 찾아오라는 의사 선생님의 불호령에 사색이 되어 뛰어다니기 시작했다. 나는 통증을 견디며 온몸에 각종 튜브와 기계를 매달고 수술실에 들어갔다. 배에 빨간약을 잔뜩 바른 채 남편이 나타나기만을 기다렸다. 온몸이 덜덜 떨렸다.

눈을 뜬 건 이동하는 침대 위였다. 마취약이 들어간다고 숫자를 세라고 했던 기억이 나는데 이미 수술이 끝난 후였다. 남편이 옆에 있었다. 너무 아팠다. 간호사에게 강한 진통제를 좀 놔 달라고 말했다. 침대에 누운 채로 병실에 도착했고 한숨 자고 다시 정신을 차린 건 저녁 7시쯤이었다.

4월 26일 오후 3시 39분. 아이는 건강하게 태어났다고 했다. 3.4kg에 손가락 열 개, 발가락 열 개, 우렁차게 우는 사내아이라고 했다. 남편이 찍은 사진 속의 태산이는 초록색 수술용 천에 싸여 있었다. 눈을 꼭 감고 빨간 얼굴로 우는 모습이 초음파 사진에서 보았던 그대로였다.

간호사는 전신마취를 했으니 가능하면 자주 기침을 하고 폐에 가래가 차지 않게 하라고 일러주었다. 침대에서 잠시 돌아누우려 해도 아랫배가 당겨 아이고 소리가 절로 나왔다. 기침하기 쉽지 않았다. 배가 아파 폐까지 생각할 겨를이 없었다.

그런데도 몸을 일으켜 침대에 걸터앉았다. 반듯이 앉는 데까지 10분은 혼자 사투를 벌인 것 같다. 링거가 걸려 있는 폴대에 기대 한 발씩 걸음을 옮겼다. 병실 문밖으로 나가 엘리베이터 버튼을 눌렀다. 4층 병실에서 2층 신생아실까지 태어나 가장 먼 길을 걷는 느낌이었다.

신생아실 창문을 두드렸다. 산모 이름과 아이 이름이 잘 보이도록 간호사에게 손목 밴드를 내밀어 보였다. 아이를 보여 달라고 말이다. 간호사는 아이 보여줄 생각은 않고 얼른 문을 열고 밖으로 나왔다.

"산모님, 오늘 오후에 제왕절개 수술하셨잖아요. 아직 4시간밖에 안 됐는데 움직이면 안 돼요."

아랫배에 무리가 가지 않게 최대한 숨을 죽여 아이가 너무 보고 싶어서 왔다고 말했다. 그 말에 선생님은 나를 부축해 안으로 들어갈 수 있게 도와주었다. 아이를 안고 내 가슴 앞으로 아이를 들이밀어 보여주었다. 너무 작았다. 입을 오물거리는 게 신기했다. 눈이라도 마주치면 좋으련만 눈을 감고 불편한지 얼굴을 찡그리는 태산이가 신기했다. 이 조그마한 아이가 내 아이라니. 세상에서 가장 예쁜 아이처럼 보였다. 눈두덩이가 뜨끈해지고 눈동자가 촉촉해지기 시작했다. 그때가 처음이었다. 열달을 뱃속에 품고 있었지만, 진짜 엄마가 되었다는 느낌이 들었던 것은.

태산이는 주원이라는 이름을 얻었다. 첫 수유, 첫 목욕, 첫 뒤집기, 첫 돌, 첫 입학, 첫 반항…. 주원이는 살면서 엄마로서 할 수 있는 첫 경험을 많이 선물해 주었다. 기쁘기도, 놀랍기도, 당황스럽기도 했던 나의 처음 엄마 경험은 아직도 진행 중이다.

나에게 무수히 많은 '처음'을 선사해 준 나의 첫 아이 주원이에게, 처음이라 어설프고 부족하고 미숙했던 엄마의 엄마 되던 첫날을 이렇게나 세세히 알려줄 수 있게 되어 참 다행이다.

엄마와 나, 두 개의 서정시

8

낯선 동네

한지유

아산, 낯설지만 내 하루를 채워주는 포근하고 설레는 장소다.

나는 중학교 3학년이다. 글 처음 쓴다. 나의 이야기를 해보겠다. 서울에서 아산으로 이사 왔다. 처음에 아산에 왔을 땐 솔직히 다 낯설었다. 서울에선 보지 못했던 넓은 밭, 농장들과 그 많던 건물은 어디 가고 낮은 건물과 아파트가 띄엄띄엄 있어서 어색했다. 여기가 진짜 시골이구나 싶었다. 공기는 맑았다. 서울의 고층 빌딩에 익숙했던 내게 아산의 풍경은 시간이 느리게 흐르는 낯선 행성처럼 느껴졌다.

서울서 가장 친했던 친구들과 떨어져 지내게 되었다. 기쁘고 설레는 마음보단 그립고 슬픈 우울감이 더 컸다. 어떤 친구들이 기다리고 있을지 감조차 잡히지 않아 내 고향 친구들 생각만 났다. '일진들에게 찍히면 어쩌나, 애들이 날 마음에 안 들어 하면 어떻게 하지?'라는 생각도 들었다. 그래서인지 학교도 최대한 늦게 가고 싶었다. 학교에서 친구들과 눈

마주치는 순간, 두려움이 먼저였다. '전학생'이라는 꼬리표가 붙을 것 같았다. 이 동네가 낯설었던 이유다.

전학생은 모두의 시선과 평가를 감당해야 했기에 좋아하는 자장면과 고기도 목구멍으로 넘기기 힘들었다. 모래알을 씹는 것 같았다. 학교 가기 전날엔 떨리고 무서워서 잠도 제대로 못 자고 설쳤다. 결국 늦잠을 자버렸다. 전학 첫날이니 최대한 예쁘게 화장을 하고 머리에 정성을 들여 고데기로 웨이브도 하고 학교에 가려고 했었다. 내 계획은 순식간에 무너졌다. 전학 첫날부터 지각하고 말았다. 1교시가 시작된 후에 도착했다. 애들은 전학생이 오늘 오는지도 몰랐을 거다.

1교시가 끝나고 쉬는 시간, 내가 교실에 갔을 때, 반에는 낯설고 처음 보는 얼굴의 여자애 2명과 선생님만이 나를 반겨주었다. 2교시가 체육이었나 보다. 애들이 다 운동장으로 나가 있었기 때문이다. 선생님은 여자애 2명한테 학교 이곳저곳을 소개해 주라고 하셨다. 나는 어색하게 웃었다. 학교에 대해서 질문을 했다. 여자애 2명도 친절하게 웃으며 학교에 대해 아는 내용을 나에게 설명해 주었다. 전 학교와 달랐던 점이 꽤 있어서 이해하기까지 오래 걸렸다. 설명을 정신없이 듣다 보니 2교시를 알리는 학교 종소리가 울렸다. 나는 무거운 발걸음으로 운동장에 나갔다. 오자마자 준비 운동부터 하고 애들은 다 무엇을 준비하고 있었다. 슬쩍 엿들어보니 한창 체육 대회 준비할 때라서 애들이 들떠 있었고, 시끌시끌했다. 나는 이미 체육 대회를 마치고 전학을 온 상태다. 거기에 모르는 얼굴들이랑 하는 체육 대회라니. 썩 내키진 않았다. 선생님은 나에게 줄다리기를 해야 하니 빨리 목장갑을 끼고 준비하라고 하셨다. 나는 지각한 마당에 미워 보이지 않으려고 허둥지둥 목장갑을 끼고 두리번거리고 있었다. 애들이 그런 나를 보고는 남는 자리에 나를 끼워 넣어주었다. 줄다리기를 하기 전, 반 애들은 어디에서 왔냐고 내게 물었다.

나는 서울에서 왔다고 대답했다. 친구들은 난리가 났다. 반 애들은 나를 다른 세계에서 온 사람인 양, 신기해했다. 서울에서 살다가 왜 이런 촌 동네로 왔냐고 내게 폭풍 질문을 했다. 너무 당황스러웠다. 그러나 친구들의 호기심은 내가 예상했던 차가운 시선이나 경계심이 아니었다. 어쩌면 순수한 관심을 표현하는 것인지도 모르겠다는 생각이 들었다. 반 애들이 친화력도 좋고 에너지도 넘치고 나를 처음 보는 사람처럼 대하는 것이 아닌, 몇 번 봤던 사람처럼 대해 주니 나도 편해졌다. 익숙해지는 데 시간이 좀 걸릴 거라 예상했지만 금방 친해졌다. 반 배정이 잘 됐다는 생각이 들었다.

그때부터가 시작이었던 것 같다. 내게 말을 걸어 준 친구들은 항상 나부터 챙겨주었다. 다른 친구들에게도 애가 전학생이라며 소개했다. 급식도 같이 먹어주고, 수업 시간에 하는 활동도 나를 빼놓지 않고 살갑게 대해 주었다. 많이 걱정했던 것과 다르게 모든 일이 잘 풀려서 금방 적응하게 되었다. 행복한 시간을 남은 반 학기 동안 잘 보냈다.

사람들은 인생에서 터닝 포인트가 세 번 온다고 말한다. 첫 번째는 중학교 2학년, 아산으로 전학 왔을 때이다.

　이 경험으로 인해 새롭게 배워가며 느끼는 게 많다. 다들 한 번쯤은 들어봤을 거다. 인간은 적응의 동물이다. 그렇기에 새로운 것에 적응하기가 쉽지 않다. 이미 적응해 버린 것에 익숙해졌기 때문이다. 넬슨 만델라는 이렇게 말했다. "두려움을 느끼지 않는 사람은 없다. 다만, 두려움을 이겨내는 사람만이 앞으로 나아간다." 새로움과 변화에서 오는 적응을 하는 데서 스트레스가 있다. 그렇지만 새로운 환경에 너무 두려워하지 말라는 말을 꼭 해주고 싶었다. 그래서 생각을 바꿨다. 다 잘 될 거야, 지금의 혼란도 언젠가 한 장의 추억이 될 테니까.

엄마와 나, 두 개의 서정시

첫 단추, 세 개의 보물

김미예

처음이라는 서툰 단어는 '설렘'으로 다가오는 선물이다.

"우리 오빠 만나 볼래? 무뚝뚝하고 못생겼지만 진국이야. 울 엄마가
너한테 한 번 소개시켜 주래."

스물여덟 되던 해 4월 초. 안양에서 서울로 가는 지하철을 탔다. 출입
문에 기대어 입김을 호 불었다. '한상욱'이라고 적었다. 내 손가락은 '한'
에서 머물렀다. 성이 마음에 들었다. 지웠다 또 썼다. 못생겼든 무뚝뚝
하든 친구 오빠니까 한 번 만나 보기로 했다. 중학교 때 잠깐 혼자 좋아
했던 남학생은 있었지만, 이성은 처음이다. 어쨌든 싱숭생숭했다. 내 마
음에 한 사람이 들어왔다.

퇴근하고 만나기로 했다. 지하철 1호선 동대문역이다. 사무실에서 가
깝다. 그는 제기동에서 온다고 했다. 친구 오빤데 한 번도 본 적은 없었

다. 만나기로 한 시간, 동대문역 계단 위에서 기다리고 있는 사람이 보인다. 아, 아저씨다. 키도 작다. 나도 작은데 큰 사람을 만나고 싶었다. 일단 나왔으니 만나는 보자는 마음에 인사했다. 수줍음이 나보다 더 많은 것 같았다. 걸어가면서 이야기를 나눴다. 저녁을 먹기 위해 식당을 찾는 듯하는 이 남자. '착하고 매너는 있네.'라고 생각했다. 아는 식당인 듯 익숙하게 인사하고 들어갔다. 서로 아는 무리인지 인사를 나누며 아는 척을 하는 게 아닌가. 뭐야. 처음 만나는 자리에 자기 친구들을 부른 거야? 어이가 없었다. 친구들에게 둘러쌓인 나는 얌전한 척 그렇게 앉아 있었다. 죽을 맛이었다. 밥도 제대로 먹지 못하고 순진한 척, 얌전한 척, 예의 바른 척 온갖 '척'을 하고 있어야 하는 내가 싫었다. 시간이 늦어져서 들어가 봐야 한다고 말했다. 집까지 데려다 준단다. 아마도 여동생 친구라서 배려했나 보다. 집 근처에서 헤어지려는데 하필 작은 오빠에게 딱 걸렸다. 나도 모르게 횡설수설 오빠에게 설명했다. 미쳐. "길에서 친구 오빠 만났는데 위험하다며 집 앞까지 바래다준 거야." 그렇게 위기를 넘겼다.

다음 날, 출근해서 일하고 있는데 그에게서 전화가 왔다. 나는 정색을 하고 내 전화번호 어찌 알았냐고 따져 물었다. "정옥이한테서 받았습니다. 오늘 저녁에 만나시죠."

정색한 게 미안하고 뻘쭘했다. 만나면 그만 만나자고 말해야지. 약속 장소는 어제 만났던 동대문역이었다. 멀리서 손을 뒤로하고 장미꽃 한

송이를 만지작거리는 모습의 그가 눈에 들어왔다. 장미꽃에 넘어간 건 아니었다. 그만 만나자는 말도 하지 못하고 또 대학로를 걸었다.

"이제 이런 삐딱구두 안 신어도 돼. 키 작은 거 아니까 이제부턴 편한 신발 신어."라고 3일째 되던 날 그가 말했다. 결혼을 전제로 만났으면 좋겠다고 했다. 머릿속 생각과 달리 난 "네."라고 대답했다.

2000년 12월 17일 결혼했다. 첫 단추는 그렇게 끼워졌다. 화려하고 부잣집은 아니었다. 내가 늘 생각했던 대가족의 모습을 갖춘 가정이다. 시할아버지, 시할머니, 시아버지와 시어머니 그리고 남편 포함 6남매였으니 얼마나 다복할까 결혼 잘했다고 생각했었다. 식구 많은 게 좋았다. 시할머니에게 사랑받았다. 결혼한 지 한 달도 되지 않아 손주 빨리 안겨 달라하실 정도로 매일 안부를 물으셨다. 시댁에서 멀지 않은 5분 거리에 전셋집을 얻었다. 남편은 효자다. 분가할 생각 없었다. 아이 낳으면 시댁에서 봐 주시겠지 생각했다. 그런데 시어머니의 말 한마디에 남편은 분가하자고 했다. 나중에 당신 몸이 지금보다 약해졌을 때 그때 같이 살자 하셨다.

남편은 무뚝뚝하다고 했지만 퇴근하고 돌아오면 나에게 잘했다. 뒤에서 안아주기도 하고, 내 옆에서 늘 뭔가 해주고 싶어 하는 눈치였다. 그런 그가 좋아졌다. 싸운 적이 별로 없다. 서로 맞벌이했고, 시댁 어른들이 10분 거리에 모두 계셨다. 시이모님들도 근처에 다 사셨다. 시댁은 아버님 쪽이 8남매, 어머님쪽이 7남매로 대가족이었다.

나중에 아이를 낳으면 우리 아이들은 사랑받고 살 수 있을 거라는 기대를 했다. 그렇게 손주를 바라던 시할머니는 첫째가 배 속에 있을 때 병환으로 돌아가셨다. 그해 12월 첫째 지연이가 태어났다. 오밀조밀하게 생긴 딸, 내 친구이자 시누인 애들 고모가 너무나 좋아했다. 지연이를 물고 빨 정도로 업어주고 안아주고 애지중지 대했다. 남편과 시어른이 바라던 아들은 아니었지만, 손주가 태어나 기뻐하셨다. 남편은 더 열심히 일했다. 산후조리를 해야 하는 나는 일을 잠시 그만두고 19개월까지 지연이를 잘 키우기 위해 노력했다. 엄마가 처음이라, 할 줄 아는 게 없었다. 책을 읽고, 텔레비전에 나오는 내용들, 잡지 등을 보면서 아이와 친해지기 시작했다. 모든 게 낯설었다. '처음'이라 서툴렀다. 어떻게 되기라도 할까 봐 방바닥에 내려놓지도 못했다. 유난이었다. 혼자만 아이를 낳고 키우는 듯 말이다. 19개월 되었을 때 둘째가 생기지 않아 일을 시작했다. 연년생으로 키우고 싶었지만 마음대로 되지 않는다는 걸 받아들이고 일에 집중했다. 자연스럽게 지연이에게서 관심을 많이 두지 못하고 일에 파묻혀 살았다.

지연이가 여덟 살 되던 해, 둘째 소식을 접할 수 있었다. 생각지도 못했다. 나에게 자식은 지연이 하나인가 했다. 다 키웠는데 또 신생아를 키워야 한다니. 덜커덩 겁이 났다. 일도 줄여야 하는 상황이 생긴 거다. 열 달 채워 둘째와 만났다. 첫째를 수술해서 낳았다. 유도분만 중에 태아와 나에게 위험 신호로 수술하게 되었다. 첫째와 터울이 있으니 둘째는 자연 분만을 하고 싶었다. 의사는 터질 수 있기 때문에 좋은 날 받아 제왕절개할 수 밖에 없다고 했다. 둘째도 제왕절개로 세상에 나왔다. "아이고, 줄 잘 서서 달고 나오지 좀 어쩌자고 또 아무것도 안 달고 나왔다냐." 시어머니는 서운한 감정을 한마디로 표현하셨다. 남자아이길 바라셨다. 나 또한 둘째가 남자아이길 바랐다. 아주 잠깐 그런 생각 했었다. 시댁과 남편은 실망한 기색을 보였으나 모른 척했다. 건강하면 된 거 아냐? 다행히 둘째는 잘 자라 주었고 시댁 어른들의 사랑을 받았다. 지연이와 나이 차도 8년인데 동성이라 아이들을 위해서는 다행이다 싶었다. 지연이는 동생 지유를 미워했다. 지연이는 새침하고 까다로운 반면, 지유는 다행인지 남편 성향을 100% 닮은 것 같다. 둥글둥글하다. 둘째 시누이가 지유를 특히 예뻐했다. 말썽이 없고 이국적으로 생겼다며 둘째의 서러움을 겪지 않게 해주겠다고 챙겼다. 그 마음이 고마웠다. 결혼 전 둘째 시누는 싸가지 없다고 식구들이 걱정했었다. 결혼하고 사람들과 부대끼면서 시댁에서 가장 현명한 사람이 되었다.

모든 게 처음인 나는 늘 허둥지둥 어설펐다. 지연이 낳고 시어른에게 맡기려고 시댁으로 들어갔으나 내 몫이었다. 서운했다. 남편과 이야기를 나누면서 내 새끼는 내가 키우는 게 맞다는 말에 마음을 다독였다. 괜찮다. 다행이다. 첫째와 둘째 무탈하게 잘 자라주었다. 자매라 그런지 성향이 달라서 그런지 매일 싸웠지만 그래도 엄마 아빠가 없을 땐 자기들끼리 잘 놀았다. 남편이 말했다. 요즘엔 딸이 대세래. 나름 나를 위로

해 주는 말이라는 걸 안다. 딱 한 가지 미안한 건 남편 닮은 아들을 낳아 주지 못했다는 거. 첫째와 12년 차이 나는 셋째가 생겼을 때, 일말의 희망을 품었다. 내 생에 아들은 없었다. 아들 같은 성향의 여자아이들만 있을 뿐.

셋째는 아픈 손가락이다. 돌 전후로 심장에 천궁이 생겨 고생을 많이 했다. 경희의료원에서 심장초음파 검사를 했고, 음식이나 생활에 제한이 많았다. 그때부터 나는 민간요법, 건강기능식품에 관심을 두었다. 셋째를 수술시키지 않기 위해 노력했다. 아프거나 열이 나면 병원으로 바로 오라는 말에 가슴 철렁할 때가 많았다. 걱정과 달리 2020년 전 세계가 코로나로 혼란스러웠을 때 셋째 지효는 언니들보다 더 강하게 잘 버텨 주었다.

스물 넷, 중학교 3학년, 초등학교 5학년. 갈 길이 아직 멀다. 이젠 여유롭게 살 수 있겠지 했지만 해야 할 일이 남았다. 첫 단추를 끼우고, 남편 덕분에 보물 1호, 2호, 3호를 얻었다. 이 아이들이 차곡차곡 자신의 삶을 살아갈 수 있도록 그저 바라봐 주고, 믿어주고, 친구가 되어 주면 된다. 아파 쓰러지면 다시 일어설 수 있도록 격려하고, 기분 좋은 일이 있으면 칭찬으로 다독여 준다면 사랑으로 가득한 사람으로 각자의 몫을 할 것이다.

태어나 무한 가능성을 가지고 세상에 나왔다. 부딪히면서 "안 돼."라는 어른들의 말과 압박 속에 자신 안에 가지고 있는 잠재력을 채 꺼내지 못하고 살아가는 경우가 많다. 아이들이 각자의 좋은 점을 발산할 수 있도록 옆에서 지켜주는 것이 부모인 내가 해 줄 수 있는 일이다.

'처음'은 설렘과 서툰 단어가 함께 한다. 매일 새로운 날을 '선물'로 생각하면 좋겠다.

제 2 장

♥

'기다림',
취향을 알아가는 시간

무언가를 간절히
기다린 적이 있나요?

1.

기다림의 고통과 기쁨

김선윤

신나는 일을 하루 앞두고 있으면 눈이 말똥말똥하다.

나에게는 이상한 증상이 있다. 아빠가 운전하는 차를 타면 속이 안 좋다. 오랜 시간 타야 할 때가 문제다. 명절. 어디든 길이 막힌다. 시골에 내려가는 날이 최악이다. 차가 막히면 더 심하게 속이 울렁거린다. 친할머니네 집은 목포보다 더 멀다. 무화과로 유명한 영암군이다. 올해 추석도 열 시간 정도 걸렸다. 명절과 관련해서 궁금한 게 있다. 음식 차리는 이유가 뭘까? 우리가 먹을 건데 말이다. 내 생각에는 굳이 상을 차리지 않아도 될 거 같다. 여러분들 중에는 명절에 놀러 가는 분들이 있을 것이다. 특히 2025년 추석은 쉬는 날이 열흘이나 되었다. 그런데 우리 가족은 항상 차례를 지내고 성묘하러 간다. 이유가 있어서 그럴 것이다. 내가 짐작하는 것과 확실한 것, 이유는 두 가지다. 첫 번째는 할머니가 꼭 차례를 지내고 성묘를 해야 한다고 생각하신다는 것이다. 두 번째,

확실한 이유는 우리 가족에게는 여행 갈 만큼 돈이 없다는 것이다.

　나는 엄마를 닮아 운동 신경이 별로 없다. 그런 나에게 엄마는 운동
학원 다니게 했다. 나는 엄마가 하자고 해서 알겠다고만 한 것이지 원한
것은 아니다. 그런 내 마음을 엄마가 알아주기를 바란다. 이렇게 말했지
만, 좋은 점도 있긴 하다. 학원 다닌 덕분에 수영, 외발자전거, 합기도를
잘하게 되었다. 초등학교 4년간의 노력이 쌓였다. 만약 내가 다시 일곱
살로 돌아간다면 싫을 것 같다. 노는 건 좋지만. 싫은 이유는 지금까지
해낸 일을 다시 해야 하니까. 생각만 해도 어질어질하다.
　일곱 살 하니까 생각났는데 여섯 살 때 어린이집 선생님이 떠올랐다.
가장 싫었다. 왜냐하면 혼난 기억이 많기 때문이다. 여섯 살이 되어 처
음 등원하던 날부터 혼났다. 신기한 것은 이 사건이 기다림과 관계가 있
다는 것이다. 내가 기다리지 않고 혼자 올라갔기 때문이다. 누가 담임
선생님인지 몰라 원장 선생님께 말하고 올라갔다. 어쨌든 기다리지 않
았다고 혼났다. 이 외에도 억울한 일이 하나 더 있다. 점심시간에 마지
막 반찬을 입에 넣고 있었다. 그런데 선생님은 내가 밥을 젓가락으로 먹
는다고 생각하고 나를 혼내셨다. 5년이 지나도 여전히 억울하다. 좀 더
시간이 지나야 그러려니 할 것 같다.

　기다림은 잠을 잘 수 없게도 한다. 신나는 일을 하루 앞두고 있으면

눈이 말똥말똥하다. 좀처럼 잠이 오지 않는다. 보통은 금요일마다 잠이 안 온다. 다음날이 토요일이라는 사실만으로 기쁘다. 생일 전날도 잠이 잘 오지 않는다. 그러다 언제 잠들었는지 모르게 스르르 꿈나라로 가게 된다. 한 번은 4시 40분에 깨서 6시가 될 때까지 기다린 적이 있다. 한 시간 넘게 공상을 즐겼다. 퀴즈대회를 앞두고 있던 때다. 1등하고 상을 받는 상상을 했다. 퀴즈대회 끝나고 친구와 놀기로 약속했다. 친구랑 무엇을 하고 놀까도 궁리했다.

또 기다림은 두렵기도 하다. 긴장되는 일이 얼마 남지 않았을 때 조마조마하다. 시간이 빠른 것처럼 느껴지기도 한다. 합기도 공인 심사가 있던 날. 손과 발에 땀이 났다. 심사가 끝나고 집으로 돌아오는 길은 마음이 평화로워졌다. 성당에서 처음으로 제대 위에 올라가 독서를 읽던 날도 그랬다. 손, 발은 물론 겨드랑이에서도 땀이 났다.

어떤 일은 조금 불안하기도 하지만 성장을 하게 도와주기도 한다. '선윤아, 걱정하지 마!'라고 떠올리면서 내 안에 마음을 다스렸다. 이 방법으로 성공한 적이 있다. 학교에서 음악 시간에 가창 시험을 볼 때와 성당에서 처음 독서를 읽을 때. 효과가 있었다. 약간 걱정이 남긴 했다. 그래도 나에게 걱정하지 말라는 말을 안 했을 때보다는 나아졌다. 그러니 독자 여러분도 자신만의 응원 구호를 만들어보시길.

2.

성장을 바라보며

김희진

기다림. 재촉하지 않고 천천히 따라가는 과정이 무엇보다 중요했다.

아이가 보여주는 일들은 신비로움 그 자체였다. 엄마 뱃속에서 열 달을 채우고 나오는 아기. 자라는 동안 아이를 보며 감탄하고 기뻐했다. 배고파 우는 모습, 옹알이하는 입술, 이 하나 없던 발그레한 잇몸에 하얀 젖니가 뽕 하고 나오던 때. 모든 게 신기했다. 누워서 울기만 하던 시기를 지나 기어다니고 무언가를 잡고 서더니 한 걸음을 떼었던 순간은 잊지 못한다. 손뼉 치며 소리치고 사진을 찍어댔다. 매일 다르게 자랐다. 아이에게 새로운 날은 엄마인 나에게도 처음이었다. 하지만 내게는 하나가 더 필요하다. 기다림. 재촉하지 않고 천천히 따라가는 과정이 무엇보다 중요했다.

윤이는 에스컬레이터 탈 때 꼭 손을 잡아야만 탈 수 있는 아이였다. 4학년이 되기 전까지 움직이는 계단에 올라가지 못했다. 그땐 겁이 많은 윤이를 보며 답답한 마음이 들었다. 그렇지만 내 손을 잡고 다닐 시간도 얼마 남지 않았다는 생각에 늘 손을 잡아주었다. 윤이는 4학년에 되자마자 에스컬레이터를 혼자 타기 시작했다. 뒤를 돌아보지도 기다리지도 않는다. 혼자 할 수 있는 게 많아졌다는 말은 그만큼 자랐다는 뜻일 터. 기쁘기도 했지만 뭔가 가슴에서 쑥 빠져나간 기분이 들기도 한다.

초등학교 입학하기 한 달 전부터, 등교 연습을 했다. 노란 책가방 메고 실내화 넣은 주머니 들고 학교와 집을 오가는 길을 익혔다. 나는 몇 발짝 뒤에서 윤이와는 거리를 유지하며 걸어갔다. 꼬마 같은 뒷모습. 학교 다니기에 어려만 보였다. 3월, 입학식은 코로나19로 아이만 참여했다. 어린이집과는 전혀 다른 학교. 엄마인 나도 처음이라 부쩍 신경이 쓰였다. 다행히 윤이는 마음이 맞는 친구도 사귀고 적응 잘하며 보냈다.

벌써 4학년 2학기다. 친구가 좋은 때. 그날은 윤이가 친구 생일 선물로 랜덤박스를 만든다며 아침 6시 반에 일어나 무언가를 만들고 있었다. 시간이 지나도 학교 갈 준비는 하지 않고 친구 선물만 챙겼다. 더 이상 지체하다간 늦을 것 같았다. 눈을 부릅뜨며 재촉했다. 윤이를 등교시키고 바로 운동하러 가야 해서 마음이 더 급했다. 선물 준비를 겨우 끝내고 옷을 찾던 윤이가 이것저것 꺼내며 입을 삐죽거렸다. 두꺼운 외투와 바지를 입어야 하는데 보이지 않는다는 게 이유다. 갑자기 쌀쌀해진 날씨. 미처 겨울옷을 꺼내지 못했다. 급히 하나 찾았는데, 일 년 새 키가 커버린 윤이. 작아서 입을 수 없었다. 다른 옷을 찾아 입었지만, 마음에 들지 않는 눈치다. 지난여름에도 옷을 고르며 윤이와 한바탕 소동을 일으켰던 터라 이쯤에서 멈췄다.

윤이에게는 아침과 오후 할 일 각각 있다. 아침에는 영어 단어 쓰기와 성경 필사를 한다. 학교에 다녀온 후에는 온라인 학습을 하고 일기를 쓴다. 가끔은 이벤트가 생기곤 한다. 최근에 있었던 두 가지. 하나는 성당에서 주최한 백일장. 다른 하나는 구립 도서관에서 열리는 퀴즈대회. 백일장에 필요한 도서는 윤이가 골랐다. 퀴즈대회는 윤이에게 물어보지 않고 일단 신청했다.

신앙 백일장은 『오타 줄리아』라는 인물에 관한 책을 읽고 써야 한다. 책을 좋아하는 윤이. 읽는 것은 문제가 되지 않았다. 읽고 또 읽었다. 종이를 꺼내 쓰려나 싶다가도 생각나지 않는다며 또 읽었다. 한 줄이라도 써야 그다음 문장으로 연결이 되는데 쓸 기미가 보이지 않았다. 그냥 내버려둘 수가 없었다. 제출 기한이 얼마 남지 않았다며 달력을 보여줬다. 자신만만하던 모습은 사라지고 하기 싫단다. 쓰기 싫은데 엄마가 억지로 쓰게 했다며 바닥에 드러누웠다.

대신해 줄 수 없는 것 중 하나. 한 줄 시작해 마무리하도록 마음을 바꾸는 건 오로지 윤이만 할 수 있는 일이다. 분량을 겨우 맞춰서 초고를 썼다. 원고지에 옮겨 적었다. 고칠 게 눈에 보였다. 하지만 다시 쓰는 건 전쟁과도 같았다. 마무리 지었다는 데에 의미를 두기로 했다.

두 번째는 도서관에서 진행하는 퀴즈대회. 선정된 책 세 권을 읽고 예선을 치른다. 여기서 통과한 아이들 백 명만 본선에 진출한다. 선정 도서를 도서관에서는 빌릴 수 없었다. 중고 사이트를 뒤졌다. 중고가 없어 한 권은 새 책으로 샀다. 생각보다 참가한 인원이 많은 것 같았다. 내 마음과는 다르게 윤이는 태평하다. 기간이 넉넉하긴 했다. 그래도 그렇지. 퀴즈대회 책은 펴보지도 않았다. 잔소리하면 그제야 한 번 휘리릭 보고 자기가 읽고 싶은 책을 봤다. 또 잔소리하면 퀴즈 책과 관련된 책이라며 당당하게 말했다. 그 모습에 헛웃음이 나왔다. 잔소리 막는 기술이 늘었다.

퀴즈대회 당일, 나도 독서법 특강을 들어야 하는 날이었다. 강의 앞부분은 포기해야 했다. 윤이랑 퀴즈대회 예선이 열리는 장소로 갔다. 예선은 집에서 걸어갈 수 있는 초등학교에서 열렸다. 동네에서 책 좀 읽는다는 3, 4학년 아이들은 죄다 모인 듯 보였다. 저마다 퀴즈대회 선정 책을 들고 있었다. 아무 책도 가져오지 않은 아이는 윤이 뿐인 듯했다. 긴장된다며 내 손을 꼭 잡았다. 책을 미리 많이 읽어둘걸 하면서 넋두리를 하기도 했다. 나는 웃음이 났다. 이런 경험도 필요하다. 내 아이뿐만 아니라 다른 아이들도 긴장했을 터. 부모들은 학교 건물 밖에서 기다려야 했다. 운동장 앞 계단에 앉아 담소를 나누는 부모, 따라 나온 아이들과 운동장에서 노는 부모들도 보였다. 대학입시도 아닌데 기분이 묘했다. 삼십 분쯤 지났을까. 아이들이 하나, 둘 나오기 시작했다. 윤이 모습도 보였다. 엄마를 찾기 위해 두리번거렸다. 눈빛은 맑아 보였다.

"어땠어?"

"10분 만에 다 풀었어. 그런데 나가지 못해서 기다렸어. 한 문제, 몰라서 못 풀었어. 우리나라 최초의 도서관이 뭔지 기억이 안 나서."

"그래? 본선 나갈 거 같아?"

"응. 별로 어렵지 않았어. 나 본선은 '열불나게' 할 거야."

나는 한바탕 웃었다. 예선 결과는 합격. 본선에서 읽어야 하는 책은 다섯 권 선정되었다. 책 목록이 나오자마자 구매했다. 자기 전 책 읽는 시간, 당분간은 퀴즈 책을 읽기로 했다.

"어때? 퀴즈대회 나간 거. 잘한 거 같지 않아?"

"응. 잘한 거 같아."

해 보지 않고는 결과를 알 수 없다. 성공만 해 본 사람은 작은 실패에 당황한다. 나는 윤이가 작은 도전과 실패를 경험하며 살기 바란다. 뭐든지 다 잘하는 사람은 없으니까. 경험을 통해 배운 것들은 삶에 밑거름이 된다. 아이랑 싸울 일을 만들지 않는 게 좋을 수도 있다. 잔소리를 좋아하는 아이는 없을 테니까. 그럼에도 밀어붙이는 용기도 필요하다. 살아가면서 좋아하는 것만 하며 살 수 없다. 쉬운 일들만 하면서 살아가면 성장도 없다. 윤이가 어려운 과제에 도전하면서 살아가면 좋겠다. 한걸음 가봐야 알게 되는 세상. 나는 못해. 하기 싫어. 단정 짓던 일에 재미

엄마와 나, 두 개의 서정시

가 붙는 경험을 누려볼 수도 있다. 그때가 바로 아이가 한 뼘 자라는 순간이다. 가장 중요한 점은 윤이 성향에 맞는 방향과 속도 조절이다. 달리기 잘하지 못하는 윤이에게 달리기 선수를 하라고 할 수 없듯이. 아이가 좋아하는 방향으로 달릴 수 있도록 잘 살펴보려 한다. 맡김과 맞춤의 균형을 유지하면서.

기다림의 공부방

김우진

기다림은 멈춘 게 아니에요. 천천히 자라는 중이었어요.

1년 전 나는 공부방도 학원도 다니지 않았다. 그런데 반 친구들의 16명은 학원에 다니고 있었고, 나처럼 안 다니는 친구는 두 명뿐이었다. 나는 그 두 명 중 한 명이었다. 특히 수학은 친구들보다 많이 뒤처져 있었다. 수학 문제 풀기 시간만 되면 마음이 쪼그라들었고, 친구들의 연필이 쓱쓱 움직이는 동안 나는 같은 문제를 붙잡고 한참 동안 고민했다. 어느 날, 친구가 말했다. "우리 같이 공부방에 다니자! 재밌어! 선생님도 좋고 잘 가르쳐주고 간식도 줘." 그 말이 내 마음에 콕 박혔고 나도 공부 잘하고 싶다는 마음이 생겼다.

그날 집에 와서 나는 용기를 내 엄마에게 말했다. "엄마, 나도 친구가 다니는 공부방에 등록하고 싶어요."

엄마는 "정말 열심히 할 수 있겠어?" 라고 말씀하셨다. 나는 고개를 크게 끄덕이며 말했다. "응, 공부 못했던 만큼 더 열심히 할게요." 그렇게 나는 공부방에 다니기 시작했다. 처음에는 문제를 풀 때마다 시간이 오래 걸리고 틀리는 문제도 많았다. 두꺼운 문제집은 산처럼 느껴졌고, 숫자들이 머릿속에서 빙글빙글 돌았다. 하지만 그때 떠오른 말이 있었다. 축구선수 손흥민이 매일 같은 훈련을 반복하며 '기다림과 꾸준함이 결국 나를 만든다.'라고 말한 인터뷰였다. 나도 그렇게 해보기로 했다. 매일 10분이라도 문제집을 폈다.

처음엔 10문제 중 7개를 틀렸지만, 나중엔 10문제 중 3개만 틀렸다. 어느 날엔 모두 맞는 날도 있었다. 매일 천천히, 꾸준히 문제를 풀었다. 많은 문제를 푼 만큼 문제를 틀리지 않고 많이 맞혔다. 엄마는 웃으며 말했다. "우진아, 너 진짜 달라졌다!" 엄마의 칭찬을 들으니 기분이 좋았다.

만약 내가 "어려우니까 그만둘래"라고 포기했다면 이 길은 절대 만들어지지 않았을 것이다. 그 반대의 길은 '포기'라는 이름이었고, 그 길을 선택했다면 나는 여전히 수학 시간마다 숨고 싶어 했을지도 모른다. 기다림의 시간 속에서 나의 지식과 마음도 자라났고 이제는 반에서 수학을 제일 잘하는 아이가 되었다. 어려운 문제를 풀 때마다 지난날의 노력이 생각난다. 그때 포기하지 않았던 나 자신이 자랑스럽다. 공부방에 가는 시간도 좋아한다. 공부방에서는 쓱싹쓱싹 연필 소리가 나고, 선생님은 맛있는 간식도 주신다. 공부방은 재미있고 따뜻한 곳이다. 공부방에 다니기 시작하면서 기다림과 꾸준함의 중요함을 알게 되었다.

공부가 어려울 때마다 그만두고 싶었지만, 조금씩 기다리면 머리보다 마음이 먼저 자란다는 걸 알았다.

기다림은 지루했지만, 노력의 끝에는 꼭 '성장'이라는 선물이 있었다.

엄마와 나, 두 개의 서정시

말 한마디가 마음을 잇는다

이석경

기다림은 멈춤이 아니라, 보이지 않는 성장의 시간이었습니다.

이제 나는 '엄마'가 아니라 '할머니'의 자리에서 다시 딸을 바라본다.

세월이 흐르며 배운 것은 하나였다. 가족은 피로만 이어지는 것이 아니라, 이해와 기다림으로 서로를 붙잡는 존재라는 사실. 딸에게 미안했고, 이제는 그 딸에게 고맙다는 말을 전하고 싶다. 사랑은 순환한다. 미안함이 고마움이 되고, 고마움이 다시 사랑이 되어 다음 세대로 흘러간다.

1995년 봄, 벚꽃이 피기 시작하던 3월 아침. 세 살 된 딸아이의 손을 잡고 처음으로 경동 어린이집 정문에 왔다. 딸은 빨간색 리본이 달린 가방을 메고, 발끝에는 하얀 운동화. 작고 맑은 눈망울 속에 호기심과 두려움이 함께 섞여 있었고 교실 문턱을 넘는 순간, 딸은 내 손을 놓지 않았다. "엄마, 가지 마." 작은 울음은 봄비처럼 내 마음을 적셨다. 결국,

나는 선생님께 인사도 못 한 채, 아이를 품에 안고 다시 집으로 돌아왔다. '내일은 괜찮겠지.' 그러나 그다음 날도, 그다음 주도, 아이는 유치원 버스를 타지 않았다.

그해 여름, 나는 둘째 딸을 품에 안았다. 한 손으로는 세 살 된 첫째 아이와 블록을 쌓고, 다른 손으로는 생후 한 달 갓난아기 입에 젖병을 물렸다. 하루하루는 고요했지만, 마음은 늘 바삐 움직였다. 그 시절의 나는 '기다림'으로 하루를 시작해 '기다림'으로 마쳤다. 아이가 울음 대신 웃음을 터뜨리길, 혼자서도 신발을 신어보길, 그리고 언젠가 세상 속으로 한 걸음 나아가길.

세월이 흘러, 첫째가 다섯 살, 둘째가 두 살이 되던 1997년. 나는 다시 직장으로 복귀해야 했다. 간호사 가운을 여미고 출근하던 그날 아침, 가슴 한쪽엔 늘 아이들의 얼굴이 떠올랐다. 다행히 같은 아파트 1607호로 시어머님이, 607호에는 시누이가 이사를 왔다. 낮에는 유치원, 오후에는 가족의 품. 덕분에 나는 일과 육아 사이를 무너지지 않고 이어갈 수 있었다.

초등학교에 들어간 딸은 바빴다. 나는 늘 말했다. "혼자 있지 말고, 세상 속으로 나가보렴. 무엇이라도 배우면, 언젠가 그게 너의 길이 될 거야." 하면서 피아노, 웅변, 발레, 미술, 보습, 태권도 주 6일, 다섯 개의 학원 가방이 현관에 줄지어 있었다. 그러던 어느 날, 딸은 눈을 빛내며 말했다. "환경 포스터 공모전에 나가보고 싶어요!" 48색 크레파스, 수채

엄마와 나, 두 개의 서정시

화 물감, 두꺼운 도화지 · 딸의 작은 손끝에서 지구가 탄생했다. 마스크를 쓴 지구는 아프다고 말하고 있었고, 그림 속 파란색과 초록색은 아이의 꿈이었다. 한 달 후 도착한 소식. '입상'. 제주도에서 시상식 참석. 항공권 두 장과 숙소 예약증 한 장을 손에 쥐었을 때, 나는 말없이 그 서류를 가슴에 꼭 안았다. '딸을 낳으면 비행기를 탄다더니, 정말 그 말이 맞구나.'

1995년, 유치원 문턱에서 울던 아이가 가족과 함께 2007년, 제주 하늘을 날고 있었다.

제주에서 상장을 받는 모습은 그 어떤 금메달보다 찬란했다. 그날 이후 나는 확신했다. 기다림은 절대 헛되지 않다는 사실을

심리학자 존 볼비의 '애착 이론'은 말한다. 아이에게 안정 애착을 주는 부모는 지켜보되 조급해하지 않는 기다림을 실천한다고. 아이에게 "너는 준비되는 순간 스스로 나아갈 수 있어."라는 신뢰를 심어주는 시간이 바로 기다림이다. 일상에서도 기다림은 자주 모습을 드러낸다. 씨앗을 심고 아침마다 흙을 만져보지만, 며칠간 아무 변화가 없다. 하지만 땅속에선 이미 뿌리가 자라고 있다. 부모의 기다림도 그렇다.

겉으론 멈춘 것처럼 보이지만, 보이지 않는 곳에서 아이의 마음이 단단해지고 있다.

물론 반대 상황도 있다. 일을 쉬지 못해 아이를 충분히 돌보지 못한다고 자책하는 부모, 경제적 어려움으로 배움의 기회를 넉넉히 주지 못해

마음 아파하는 부모. 기다림보다는 서두름과 죄책감 속에 하루를 버티는 사람들. 그들에게도 말하고 싶다. 사랑은 완벽함이 아니라, 계속 곁에 있으려는 의지에서 자란다.

시간이 흐르고, 딸은 또 하나의 생명을 품은 엄마가 되었다.

2022년 가을, 손주들과 함께 다시 제주를 찾았을 때, 나는 그날보다 느린 걸음으로 같은 하늘을 올려다보며 알 수 있었다. 유채꽃밭 너머로 흐르는 한라산 능선은 여전히 푸르고, 바람은 그때처럼 부드러웠다. 기다림은 멈춤이 아니다. 기다림은 성장의 또 다른 이름이다. 눈에 보이지 않아도 마음의 뿌리는 자라고, 사랑의 깊이는 단단해지는 시간이었다. 언젠가 딸에게도 비행기 표가 도착하겠지. 그건 상장도, 성적표도 아닌 세상에 단 하나뿐인 '성장' 증명서일 것이다.

미안함은 사랑을 되돌아보게 하고, 고마움은 사랑을 다시 시작하게 한다. 시간이 흐르면 결국 마음은 닮아간다. 그것이 가족이 주는 가장 조용하고 위대한 기적이다.

"기다림은 아이를 키우는 시간이 아니라, 사랑이 자라는 시간이다."

이사를 기다리며

안주원

10살, 이사를 통해 기다리는 법과 이별하는 법을 배웠다.

열 살이 될 때까지 아파트 1층에 살았다. 그 집에서 다른 동에 있는 어린이집을 다녔다. 그리고 초등학교 3학년이 될 때 지금 사는 집으로 이사하게 되었다.

1학년 때, 곧 다른 집으로 이사를 한다는 이야기를 들었다. 지금까지 정든 집을 떠난다는 것이 망설여지기도 했고, 새집에 가서 내 방을 꾸밀 생각에 설레기도 했다.

엄마, 아빠를 따라 외출했다가 아파트 모델하우스를 여러 군데 구경했다. 모델하우스에는 아파트 모형이 있었다. 높은 아파트를 작게 줄여 놓은 것이 마치 소인국처럼 보였다. 새로 이사 갈 집이 이 모형이랑 똑같을 거라고 생각하니 새집으로 이사 가려던 망설임이 설렘 백 퍼센트로 바뀌었다. 학교에 가면 친구들에게 곧 더 좋은 집으로 이사를 가고 전학을 가게 될 거라고 자랑하듯 말했다. 이제 와서 생각해 보면 너무 유치한 자랑이었다.

이사할 날만 손꼽아 기다렸다. 아파트는 생각보다 천천히 지어졌다. 한 층씩 지어지는 아파트 앞을 지날 때마다 너무 늦게 지어지는 건 아닌가 하고 조바심이 났다.

시간이 한참 지나 아파트가 거의 완공이 다 되어갈 때 우리 가족은 아파트를 구경하러 갔다. 모델하우스에서 보았던 소인국 집이 실제로 똑같이 지어져 있었다. 아파트 단지를 직접 둘러보았다. 공사는 이미 끝난 상태라 새로 심은 나무들과 깨끗한 인도가 눈에 띄었다. 아파트 현관 앞에는 입주를 준비하는 사람들이 분주하게 오갔다. 엘리베이터를 타고 우리 집에 올라가 내려다보는 풍경을 상상했다. 창문 밖으로는 새 놀이터가 장난감처럼 작게 보일 테고, 그곳에서 놀게 될 내 모습을 그려보며 마음이 설렜다. 아파트를 올려다보니 말도 안 되게 높았다. 목이 끊어질 듯이 올려다봐야 꼭대기가 보일 듯 말 듯했다. 실제로 다 지어진 아파트를 구경하고 나니 얼른 이사 가고 싶은 마음이 커지고 두근거렸다. 49층 꼭대기, 옥상과 다락방까지 있는 우리 집. 다락방에 드럼을 놓고 연습하는 상상을 했다.

우리는 아파트 구경을 끝내고 일상으로 돌아와 이사 갈 날을 기다렸다. 학교 다니며 시간을 보내다 보니 이사 날짜가 천천히 다가왔다. 너

엄마와 나, 두 개의 서정시

무 기대되었다. 기다린다는 게 이렇게 어려운 건지 몸소 느꼈다. 이사를 앞두고 새로운 곳에 적응해야 한다는 불안한 마음도 있었지만, 설레는 마음이 더 컸다.

원래 살던 집 1층 놀이터가 그리워질 줄 알았는데, 새 놀이터에서 무얼 하고 놀까 기대하며 들떴다.

마침내 이사하는 날이 왔다. 이사를 도와주는 아저씨들이 오셔서 파란 박스에 우리 짐을 담았다. 소파, 책상, 의자, 냉장고, 책과 선반들. 하나씩 짐을 정리했다. 마지막에는 짐이 모두 실려 나가고 집에 우리 가족만 남았다.

텅 빈 방을 보았다. 아까까지만 해도 새집 생각에 설레기만 했는데 갑자기 이상한 감정이 들었다. 이 집에 머무는 게 마지막이라고 생각하니 이상했다.

동생과 아빠는 먼저 나가 차에 탔다. 엄마와 나만 남아 집안을 마지막으로 둘러보았다. 가장 안쪽인 안방부터 내가 좋아했던 장난감과 책들이 있던 창고, 거실과 부엌, 그리고 마지막으로 내가 쓰던 방을 뒤돌아 눈에 담았다. 그때 나도 모르게 눈물이 났다. 새집 생각에 들떠 있는 줄만 알았는데 10년 동안 내가 자란 집을 떠난다는 아쉬움과 추억이 떠올랐다. 눈물이 나오는 걸 얼른 참으며 마지막으로 집을 둘러보고 엄마와 그 집에서 있었던 일들을 얘기했다. 엄마는 빈집을 사진으로 찍어 두었다. 신발을 신고 중문을 열어 숨을 깊게 들이마신 뒤 마지막으로 현관문을 열고 그 집에서 나왔다.

새로운 집으로 가 새로운 출발을 했다. 새집에 도착하니 마음이 한결 홀가분했다. 새집이 좋아서 그랬는지 전에 살던 집은 금세 잊을 수 있었다.

이전의 것과 이별하고 새로운 것을 만나는 일이 많다. 학교, 친구, 집. 이사를 겪으며 나는 다가올 새로운 것을 빨리 만나고 싶어서 설레기도 했고 기다림이 길어져서 답답하기도 했다.

새집으로 이사하니 친구도 새롭고 학교도 새로워졌다. 덕분에 과거는 과거로 두고 새로운 나를 위해 좀 더 변화할 수 있었다. 공부도 더 열심히 하고 운동도 더 열심히 하고 친구들과도 최선을 다해 지낸다.

성격이 급해서 아직도 택배를 기다리는 것이나 약속한 것을 기다리는 것이 조금 힘들긴 하다. 그렇지만 기다린 시간이 긴 만큼 반가움도 크다는 것을 잊지 않으려고 한다.

엄마와 나, 두 개의 서정시

6

영재교육원 도전기

안주하

토요일, 나는 늦잠 대신 성장을 선택했다.

토요일마다 영재교육원에 간다. 오전 8시. 내 또래 친구들은 이 시간에 늦잠을 자거나, 놀고 있는 친구가 대부분일 것이다. 하지만 늦잠 자고 싶은 마음을 미루고 영재원에 가기 위해 서둘러 준비한다.

영재교육원에 입학하기 위해 나는 초등학교 5학년 때 시험을 쳤다. 시간을 정해두고 치는 내 인생의 첫 시험이었다. 나는 코딩과 인공지능에 대해 배우는 영재반에 입학하려고 원서를 냈다. 사실 원래 인공지능과 코딩, 컴퓨터 같은 곳에는 관심이 하나도 없었던 나였다. 그래서 제대로 알지도 못했는데, 엄마가 지원해 보라고 하셔서 그냥 한번 해본 게 다였다. 테스트를 치기 한 달 전부터 어차피 떨어질 건데, 경험 삼아 해보자는 생각으로 공부도 대충대충 했었다. 그렇게 영재원을 잊고 지내다 결국 테스트를 치는 날이 와 버렸다.

아침 일찍 일어나 손목시계와 볼펜이 든 필통, 그리고 물통을 챙겼다. 아빠 차에 타서 시험장으로 향했다. 시험장에 도착하자 사람들이 북적거렸다. 그때부터 갑자기 긴장되기 시작했다. 시험을 시작하는 종소리가 울렸고, 나는 머릿속에 떠오르는 내용들을 빠르게, 최대한 많이 적었다. 문제가 너무 어려워서 제대로 다 풀지도 못했는데 두 시간이 훌쩍 지났다. 떨리고 긴장되는 시간을 견디니 결국 테스트가 끝났다. 쉬는 시간에 시험장에 있는 화장실에 갔는데, 다른 친구들이 얘기하는 소리가 들렸다.

"작년에도 시험 쳤었는데, 이번 시험이 유독 어려워."

순간, 나만 어려웠던 게 아니었구나! 안심이 됐다.

시험이 끝나고 한 달 뒤였다. 시험에 대해서는 까맣게 잊고 있었다. 담임 선생님이 나를 부르셨다.

"주하야, 너 영재교육원 합격했다."

선생님 말씀을 듣고 너무나도 기뻤다. 내가 합격할 줄은 정말 꿈에도 몰랐었다. 50명 중 20명이 선발됐는데, 그 20명 중에 내가 포함되어 있다는 사실이 기뻤다. 하지만 기쁨도 잠시였다. 아는 사람이라곤 한 명도 없는 교실에 가서 토요일마다 4시간 동안 수업을 듣고 발표를 해야 한다니. 내 성격에 정말 어려운 일이었다. 그렇게 근심 걱정을 안고 살아가고 있었다.

영재교육원에 처음으로 수업을 들으러 갔던 3월 29일. 첫 수업 날은 시험을 치러 간 날보다 더 긴장되었다. 똑똑한 아이들이 모였으니 수업 내용이 어려울 거라고 생각했다.

그런데, 걱정했던 것만큼 어려운 건 없었다. 첫날에는 자기소개를 하고, 인공지능에 대해 배우는 시간을 가졌다. 수업을 마치고 나오니 뿌듯했다. 어려운 시험에 합격해서 수업 자격을 얻었다. 아침 일찍 일어나서 직접 수업을 들었다는 것 자체가 좋았다. 내가 대단해진 것 같고 기뻤다.

이렇게 매주 토요일 아침마다 차로 왕복 30분 거리를 다니는 것이 익숙해졌다. 솔직히 말하자면 아직도 힘들긴 마찬가지다. 늦잠 잘 시간에 일어나는 것, 아직 잘 이해 안 되는 수업을 듣고 과제를 해결하는 것, 발명품을 만들기 위해 고민하는 것. 나에겐 여전히 어려운 것 천지다.

그래도 이런 경험들이 일상에서 도움이 될 때도 있다. 가끔 학교에서 코딩 수업을 할 때 어려워하는 친구들이 있는데, 그럴 때 나는 영재원에서 배운 것들을 떠올리며 친구들을 도와준다. 내가 친구들을 도와줄 수 있다는 사실이 뿌듯할 때가 있다.

토요일 아침마다 영재교육원에 가지 않았다면 나는 무엇을 했을까.

늦잠 자고 스마트폰만 봤을 것이다. 씻고 일어나 준비하고 힘든 수업에 참여하는 것이 집에서 늦잠을 자는 것보다는 훨씬 나은 것 같다는 생각이 든다. 그 수고를 하고 영재교육원 과정을 경험하면서 전보다 조금 더 성장한 내가 된 것 같아서 뿌듯하다.

7.

엄마의 기다리는 연습

강혜진

아이를 잘 키운다는 것, 조급함을 내려놓고 잘 기다리는 법을 배워가는 것 이다.

맘카페에 가입했다. 선배 엄마가 "아이 키우는 정보는 이만한 곳이 없 다."라고 말한 게 머릿속에 맴돌았다. 회원 수가 제일 많은 맘카페를 골 라 가입 버튼을 눌렀다.

밤늦게 아이가 갑자기 아프면 어쩌나 불안했다. 어린이집 보내며 뭘 신경 써야 하는지 물어볼 사람도 없었다. 그럴 때 맘카페에 글을 올리면 낮이든 밤이든 선배 엄마들이 답을 남겼다. 나처럼 정보도, 경험도, 아 이 키우는 걸 도와줄 사람도 없는 육아맘에게 맘카페는 구세주 같은 존 재였다.

계절마다 아이와 갈 만한 장소도 맘카페에서 알았다. 봄나들이 장소, 여름 물놀이하기 좋은 계곡, 가을 단풍 명소, 겨울에 따뜻하게 놀 수 있는 키즈카페까지. 그중에서도 가장 반가운 것은 도서관에서 하는 유아 토요 프로그램 정보였다.

집에서 15분 거리의 합포도서관에서 매주 토요일, '책 읽어주는 할머니' 프로그램이 열린다는 소식을 들었다. 어린이 도서관 구석에 마련된 작은 방에서 할머니들이 커다란 그림책을 들고 아이들에게 읽어주셨다. 주중엔 일하며 집안일하며 육아까지 해내느라 주말이면 파김치처럼 축 늘어져 있었다. 아무리 주말이 힘들어도 도서관 프로그램만큼은 꼭 데려가야겠다고 마음먹었다. 독서가 중요하다는 것도 맘카페에서 숱하게 접한 정보였다.

내복 차림으로 어린이집에 다니던 주원이는 토요일마다 예쁜 옷을 입고 도서관에 갔다. 따뜻한 마룻바닥에 앉아서 아이가 고른 작은 그림책을 읽어줬다. 아이는 알아듣는지 마는지 눈썹에 힘을 잔뜩 주고 표정을 굳힌 채 그림에 뚫어져라 집중했다. 그 모습이 신기하고 귀여워서 토요일마다 도서관을 찾았다.

몇 달이 지나자 그림책 할머니들이 주원이 이름을 기억해 주셨다.

하루는 대여섯 살쯤 돼 보이는 아이들이 도서관에 와 있었다. 주원이는 책 읽을 생각은 없고 형들이 마음에 들었는지 한참 동안 형들을 따라다녔다. 그날은 할머니 선생님이 빅북을 펼쳐 동화를 읽은 후 독후활동으로 색종이 접기를 진행하셨다. 형들은 척척 색종이를 잘도 접는데 주

엄마와 나, 두 개의 서정시

원이는 손가락을 꼬물거리며 종이를 구기기만 하고 있었다.

"주원아, 이렇게 하는 거야."

주원이 대신 종이 모서리를 맞춰 접어 보이자, 아이는 종이를 달라고 보채더니 색종이를 다시 삐뚤빼뚤 접기 시작했다.

"아니야, 엄마 하는 거 봐봐. 이렇게 끝을 맞춰서…."

말이 채 끝나기도 전에 주원이는 내 손에서 종이를 빼앗아 갔다. 잔뜩 화가 난 얼굴로 종이를 대충 접어대기 시작했다. 그러지 말라고 다그치다가 결국 종이가 찢어졌고 주원이는 울음을 터뜨리고야 말았다. 할머니 선생님께 색종이 한 장을 더 받아서 얼른 대신 접어주려 했지만 아이는 엉덩이까지 들썩거리면서 더 크게 울기 시작했다. 진땀이 흘렀다. 조용해야 할 도서관, 주변에 보는 눈도 많은데 그만 울라며 아이를 안아 올려 손으로 입을 막았다. 그럴수록 아이는 악을 쓰고 울었다. 아이를 진정시키지도 못했는데 바닥에 떨어져 있는 색종이에 눈이 갔다. 우는 아이를 달래며

"그만 울고 다시 색종이 접어볼까?"

종이를 집어 올리는 순간, 선생님이 나를 향해 외치셨다.

"엄마, 저리 가세요. 애가 하고 싶어 하는데 왜 자꾸 대신해요? 기다릴 줄 모르네."

얼굴이 화끈거렸다.

몇 발자국 떨어져 앉아 아이를 바라보았다. 주원이는 입술에 잔뜩 힘을 주고 나름 애를 쓰고 있었다. 종이를 구기던 것이 아니라 잘 움직이지 않는 손가락으로 종이를 접으려 안간힘을 쓰고 있었다. 완성이라며 들고 온 결과물이 무엇인지는 알아볼 수 없었다. 그래도 얼굴만큼은 환하게 웃고 있었다. 아이가 원한 건 반듯하고 멋진 작품이 아니라 스스로 해내는 것이었다. 뚝딱 대신해 주는 엄마 때문에 저렇게 환히 웃을 기회를 여러 번 빼앗겼을 터였다.

집에 돌아와 맘카페에 글을 올렸다. 댓글을 읽으며 주원이는 제 발달 단계에 맞게 잘 커가고 있다는 걸 알았다. 더 빠르게, 더 반듯하게 하길 바라는 나의 조급함이 고집 세고 영문 없이 떼를 쓰는 까탈스러운 아이라 단정 짓고 있었다.

맘카페에서 아이 발달을 자랑하는 글을 보며 부러워했고, 비슷한 글을 슬쩍 올린 적도 많다. 다른 아이보다 늦으면 초조했다. 언제 걷나, 언제 말하나, 한글은 언제 떼나. 자랑하고 싶은 마음, 비교하며 불안한 마음이 아이가 크는 속도보다 더 빨리 자랐다.

어린 주원이에게 나는 무얼 바라고 있었던 걸까. 아이가 다섯 살 형만큼 종이접기를 반듯하게 하지 못한다고 비교하던 마음을 들킨 것 같다. 기다릴 줄 모르고 대신해 버리던 나를, 스스로 하고 싶다고 칭얼거리는 아이를 모르는 척하던 나를, 오늘만 그랬던 게 아니라 늘 그랬던

엄마와 나, 두 개의 서정시

나를, 할머니 선생님의 호통에 알아차렸다. 그날 할머니에게 들켰던 건, 아이보다 앞서 달리던 내 조급한 마음이었다.

그날 이후, 주원이의 서투른 시도에 마음이 조급해지고 도와주고 싶은 마음이 불쑥 솟을 때마다 한 발 멀리서 아이를 바라보기로 했다. 간섭하고 그것밖에 못 하냐며 필터링 없이 막말을 내뱉고 울화통이 터져 매를 들던 것을 멈췄다. 그러고 싶은 마음이 들 때는 일부러 아이에게서 더 멀리 떨어져 앉았다. 잔소리가 입술을 비집고 나오면 아이가 아니라 내 마음을 먼저 다독였다. 그것이 아이의 성장을 방해하지 않고 좋은 엄마가 되는 방법이라고 생각했다.

아이는 아무 탈 없이 잘 자라고 있다. 제 할 일을 스스로 하고, 다른 사람과의 약속을 잘 지키며 남에게 피해 주지 않고 학교생활 잘한다. 주원이를 키우며 시행착오를 많이 겪은 덕에 주하를 기를 땐 조금 수월하게 느껴졌다. 오빠보다 조금 덜 간섭하고 조금 덜 잔소리하며 길렀더니 내가 간섭하지 않은 만큼 주하도 예쁘게 자라고 있다.

성급한 엄마의 기다리는 연습은 오늘도 계속된다. 숙제는 다 했냐, 언제까지 잘 거냐, 방 청소 좀 해라. 간섭하고 싶은 마음이 날 때마다 입 밖으로 나오는 말을 백 번, 천 번 속으로 삼키며 오늘도 엄마는 기다리는 연습 중이다.

하루 10분, '인내'의 시간표

한지유

인내, 그리고 기다림은 매일의 10분 안에 있다.

우리는 '성공은 기다리는 자에게 온다.'라는 말을 자주 듣는다. 하지만 중학교 3학년인 나에게 '기다림'은 가만히 멈춰 서서 막연히 결과를 바라는 막막함에 가까웠다. 기다림을 구체적인 행동으로 바꾸기로 했다. 작은 성공 경험을 쌓기 위해 쉽지 않더라도 변화가 눈에 보이는 '운동'을 시작했다. 처음에는 플랭크나 스쿼트처럼 단순하지만 고통스러운 동작을 딱 10분 동안만 집중해서 했다. 이름하여 '하루 10분, 내가 정한 인내의 시간표'였다. 10분이라는 시간은 부담 없이 시작할 수 있었다. 그러나 막상 시계를 보며 그 시간을 견뎌내는 것은 숨이 차오르듯 생각보다 어려웠다. 10분이 끝나면 찾아오는 몸의 근육통과 친구들이랑 전화하며 게임하고 싶은 충동이 동시에 나를 덮쳤다. 손목시계의 초침이 째깍거릴 때마다 '이 정도면 충분하지 않을까?'라는 유혹이 밀려왔다. 그

　　　　　　　　　엄마와 나, 두 개의 서정시

때마다 나는 마음속으로 '성장은 속도가 아닌 방향이다. 그 방향은 꾸준함에서 온다.'라는 문장을 되뇌었다. 놀랍게도, 10분의 인내는 작은 기적을 만들었다. 매일 10분씩 견뎌낸 덕분에 몸은 조금씩 단련되었다. '내가 정한 것을 해냈다.'라는 강력한 심리적 신호가 되었다. 10분을 성공적으로 마무리한 날에는 스스로에 대한 작은 성취감과 확신이 생겼다. 나의 확신은 다음 10분, 그리고 다른 운동으로까지 확장되었다. 10분 동안 집중할 수 있다면, 30분, 1시간도 해낼 수 있다는 자신감을 얻게 된 것이다. 지금의 내 행동이 모여 내 삶의 태도를 완전히 바꾸었다. 10분을 해낸 사람은 30분도 해낼 수 있고, 결국 1시간을 스스로 통제할 수 있다는 것을 증명한 셈이다. 10분은 거대한 꿈을 향한 인내라기보다는, '지금 당장의 나태함'과 싸우는 치열한 자기 통제의 시간이었다.

운동을 통해 인내심의 크기를 측정한 나는, 이 원칙을 가장 어려워하던 학습 영역에 적용하기 시작했다. 어렵고 지루하게 느껴지는 수학 문제집을 딱 10분 동안만 집중해서 풀었다. 몸을 움직이는 인내가 육체의 근육을 키웠다면, 책상 앞에서의 10분 인내는 내 안의 '집중력 근육'을 키우는 과정이었다. 처음에는 눈으로만 읽던 공식들이 10분씩 매일 마주하자 조금씩 이해되었다. 단순히 문제 해결 능력이 늘어난 것이 아니라 짧은 시간 동안 깊이 몰입하는 습관이 생겼다. '나는 내가 정한 것을 해낼 수 있는 사람'이라는 강력한 확신을 얻었다.

우리가 흔히 말하는 '성공을 위한 기다림'이란, 마법처럼 기적이 일어나기를 수동적으로 바라는 것이 아니라, 내가 했던 매일 10분씩 꾸준히 나를 빚어내는 능동적인 '성장의 시간'이었음을. '기다림의 미학'은 작은 인내의 시간 속에 숨어 있었다. 인내란, 거대한 고통을 한 번에 감당하는 것이 아니라, 매일 10분이라는 작은 씨앗을 꾸준히 심고 물을 주는 과정이었다. 눈에 띄지 않게 천천히 뿌리를 내리듯, 이제 나는 큰 목표 앞에서 조급해하지 않는다. 나의 성장은 성급한 결과가 아니라, 하루 10분씩 쌓아 올린 집중력과 꾸준함이라는 내면의 힘으로 만들어지고 있다. 나는 오늘의 인내를 통해 미래를 준비하는 가장 단단하고 행복한 시간을 살고 있다. 먼 꿈을 이루는 과정 역시, 수많은 '10분의 인내'와 '1년의 기다림'이 쌓여 완성될 것이다. 나는 능동적인 인내를 통해 성장하는 모든 시간이 곧 행복을 향한 가장 확실하고 즐거운 여정임을 깨달았다. 성급한 기대 대신 오늘의 성장에 집중하는 이 시간이, 바로 내가 스스로에게 선물한 가장 값진 '인생의 나이테'가 될 것임을 믿는다.

운동은 배신하지 않는다. 그러니 지금이라도 늦지 않았다. 5분, 10분이라도 해보는 건 어떨까? 지금의 작은 시도가 가져올 놀라운 변화를 주변 친구들에게도 전해주고 싶다. 인내라는 거대한 벽 앞에서 망설이는 누군가 있다면, 나는 '하루 10분'을 제안할 것이다. 24시간 중에서 고작 10분이다. 그 10분이 곧 미래의 큰 성공을 여는 열쇠이자, 자신을 가장 믿음직스러운 사람으로 만드는 기적의 시작임을 알기 때문이다. 나

엄마와 나, 두 개의 서정시

는 이제 더 이상 외롭고 막연한 기다림을 두려워하지 않는다. 나의 성장을 나만의 속도로 빚어가고 있다. '기다림의 미학'을 오래도록 간직할 것이다.

9.

느린 아이, 공백을 채우는 시간

김미예

'사랑'이라는 이름으로 채워가는 서로의 시간 속에 이해와 공감이 생긴다.

"한지유 학생 벌점 3점입니다."

밑도 끝도 없는 문자에 어이없고 당황스러웠다. 어떠한 이유도 없다. 설명도 없다. 그저 '벌점 3점입니다'라는 글자만 박혀 있을 뿐. 오해하기 딱 좋은 내용이다. 발신인을 보니 지유 학교다. 가슴 속에서 뜨거운 무엇이 훅 올라왔다. 저녁에 하교한 둘째를 다그칠 수밖에 없었다. 지유는 별 대수롭지 않게 답한다. 몸에 힘이 쭉 빠졌다. 머리를 한 대 쥐어박았다. 나도 모르게 욕이 튀어나왔다. 행동거지를 어떻게 했길래 벌점을 받았냐고 추궁하듯 따져 물었다. 지유의 말을 들어줄 생각도 하지 않았다.

타인에게는 관대한데 나에게 또는 지유에게는 빨리 빨리를 외친다. 속에서 부글부글 끓어올라 말이 앞선다. 생각하지 않고 막말이 나간다.

중학교 3학년. 고등학교 입학을 앞두고 있다. 공부엔 관심 없어 보인다. 서울에 살 때는 15분 거리라 적어도 지각을 하지는 않았다. 아산으로 이사 온 지 1년 6개월이다. 처음엔 학교에 적응하지 못해 매일 서울 가고 싶다고 징징댔다. 그럴 때마다 나는 도끼눈을 뜨고 윽박을 질러대기 일쑤였다. 조금씩 안정을 찾아갔다. 싶었다. 청소도 하지 않는 방에서 꾸물댄다. 나도 모르게 뭐하냐? 퉁명스럽게 물었다. 아주 느긋하게 "나가요. 아유 괜찮아. 뛰어가면 금방인디 뭐." 엄마 말은 안중에도 없다. 그 모습이 더 얄밉다. 남편의 모습도 보이고 내 모습도 보여 아침부터 부아가 치민다.

아침 6시 45분. 일어나 지유. 불러도 대답이 없다. 허구한 날 알람은 끄지도 않으면서 5분 간격으로 울리게 맞춰 놓는다. 일어나지 못한다. 엉덩짝을 한 대 후려갈겼다. 게슴츠레하게 눈을 뜬다. 무슨 일이 있나? 표정으로 바라본다. 한 대 더 때리기 전에 일어나라고 소리를 질렀다. 겨우 일어나 몽롱한 시선을 한 채 화장실로 들어간다. 꼴도 보기 싫다. 아침마다 전쟁이다. 늦었는데도 불구하고 세월아 네월아 한다. 한 번 더 소리를 질렀다. 그때부터 물소리가 난다. 제명에 못산다. 내가. 그러는 동안 지효 등교를 도와준다. 지효는 혼나는 언니를 보면서 대충하고 8시가 되면 가방 챙겨 나가 버린다. 달라도 어쩜 이리 다른지. 8시 10분이 되면 초조해진다. 지유 이름을 연신 불러댄다. "나가유. 엄마!" 미쳐 버리겠다. 매일 학교에서 문자 올까 신경 쓰인다. 어떤 때는 차라리 방학이 낫겠다 싶다. 적어도 아침 전쟁은 피할 수 있을 테니 말이다. 뭐 하나 방문을 열면 지저분한 화장대 앞에 앉아 뭔가 열심히 정성스럽게 찍어 발라댄다. 난 듣도 보도 못한 화장품들이 널려있다. 어디서 알고 사는지 좁아터진 공간에 빼곡하게 차 있다. 순서는 알고 하는 건지 얼굴에다 온 정성을 다 쏟는다.

"한지유. 아무리 찍어 발라도 소용없어. 태도가 엉망인데 얼굴만 치장하면 무슨 소용이야. 얼른 나가. 30분이야. 너 30분까지 학교에 도착해 있어야 하는 거 아냐? 선생님한테 문자 오기 전에 빨리 나가. 안 나가? 죽고 싶어?"

하지 말아야 할 말을 내뱉고 말았다. 태연한 척 엄마! 나 물 좀 싸줘. 빨랑 늦었어. 내 말을 듣지 않고 있었다는 데에 더 화가 났다. 지금까지 난 뭘 한 건가. 귓등으로도 듣지 않은 둘째와 의미 없는 싸움을 한 거다. 아니 혼자 떠들어대느라 체력을 낭비했다. 허옇게 파우더까지 바른 후 다녀온다며 나간다.

100% 남편 닮았다고 떠들어댔는데 느린 건 날 닮았다. 싫어하는 내 모습을 딸이 닮았으니 더 짜증이 났던 거다. 어릴 때의 나를 보는 것 같아 그게 싫었다. 둘째의 이런 행동 속에서 내 모습을 보는 것 같아 참을 수가 없었던 거다. 나는 매번 미루고 미루다가 닥쳐서 한다. 아무렇지 않게 정당화하면서 말이다. 작심삼일, 만만디, 바뀌지 않는 태도. 이런

행동들이 결국 지금의 내 모습. 거울 속의 나다.

　매일 땅만 쳐다보고 다녔다. 느릿느릿 걷다가 아버지에게 매번 느려 터졌다는 말과 함께 혼이 나곤 했다. 속으로 생각했었다. 빠르다고 좋은 게 아닌 데 아버지는 왜 맨날 화를 내실까. 좀 따뜻하게 대해 주시면 안 될까? 어린 나는 아버지가 무서워 늘 전전긍긍했다. 걸음걸이뿐 아니었 다. 모든 게 느렸다. 어려워하는 부분은 특히나 더 했다. 나도 내가 느린 게 싫었다. 어릴 적 싫어하는 부분을 닮은 지유의 행동이 못마땅했던 거 다. 그렇다고 조곤조곤 앉아 설명해 주지도 않았었다. 설명도 해 주지 않고 빨리빨리 하라고만 했으니 어린 나이에 뭘 할 수 있었을까 슬쩍 미 안해졌다.

　지유가 네 살 때 동생 지효가 생겼다. 마흔둘에 낳았기에 힘에 부쳤 다. 지연이 지유 모두 어정쩡한 나이라 모두 내 손길이 필요한 아이들이 었다. 지연이는 큰 애라고 애지중지했고, 지효는 나이 많은 엄마에게서 태어나고 아프다는 이유로 감싸주기 바빴다. 둘째인 지유는 붕 떴다. 혼 자 그 외로운 순간들 어찌 버텼을까. 다행인 것은 너무나 밝았다. 엄마 에게 사랑받고 싶어 엄마 사랑해요. 찡긋 웃어주기도 했다. 긍정적이고 뭐든 하려는 모습을 보였다. 아빠와 엄마에게 고맙다는 표현도 자주 했 다. 그땐 몰랐다. 힘들었을 거란 사실을.

중3이 된 지유는 이제 아산에서의 생활도 익숙하고 제법 친구들도 많이 생겼다. 인기도 있다. 이성에 관심이 있을 때여서인지 남자애가 예쁘다는 말에 자신감도 뿜뿜하다. 자신이 좋아하는 과목과 항목에 대해서는 두각을 나타낼 정도로 성적도 좋다. 칭찬받고 싶을 땐 자신이 영어 수행평가에서 가장 높은 점수를 받았다며 수줍게 웃으며 자랑하기도 했다.

'사랑'이라는 이름으로 채워주려고 한다. 지유 너를 응원해. 아이들은 부모의 거울이라고 한다. 좋은 말로 다독이면서 기다려 주면 잘 할 수 있다는 걸 알면서도 현실에서는 잘되지 않을 때가 많다. 내가 곁을 내어주지 않으면 아이들은 어디에도 설 수 없다. 틈이 생기면 원망과 실망이 그 틈을 비집고 들어가 더 큰 응어리가 된다. 엄마가, 아빠가 자신의 편이다. 늘 믿어준다는 사실을 알아챌 수 있게 지지해 주기만 해도 아이는 자신 안의 가능성을 끄집어낼 수 있을 것이다. 존재 자체만으로도 무한한 잠재력을 가지고 태어났다. 밝은 에너지를 더 발산할 수 있도록 부모인 내가 웃어주고 믿어줘야겠다.

엄마와 나, 두 개의 서정시

제 3 장

'싫어',
숨겨진 말들의 의미

당신의 '싫어' 속엔
어떤 의미가 들어 있나요?

1.

내가 원하지 않은 것들

김선윤

이제 2단을 딸 예정이고, 외발자전거 마라톤에도 나갈 거다.

엄마는 내가 싫어하는 것을 많이 시킨다. 두 가지 예를 들어보자면 백일장과 퀴즈대회다. 지금부터 이 이야기를 시작하겠다.

우리 가족은 성당에 다닌다. 평화로웠던 어느 여름 토요일. '포스터'만 없었으면 나는 백일장을 하지 않았을지도 모르겠다. 하지만 엄마가 보고 말았다. 그 포스터를. 백일장 관련 내용이 담겨 있었다. 엄마는 그걸 보고 "할래?" 하고 물어봤다. 내 대답은 NO. 그런데 선생님이 하라고 하시고, 신청 문자까지 왔다. 엄마가 나를 부추겼다. NO에서 YES로 바뀌었다.

백일장은 성인들에 관한 책을 읽고 글을 쓰는 거다. 한동안 쓰지 않아서 혼나고 잔소리를 잔뜩 들었다. 엄마가 너무 거창하게 쓰라고 해서 시간만 버렸다. 아슬아슬하게 냈다. 완전히 강제다.

두 번째는 퀴즈대회. 책을 안 봐서 혼났다. 진짜 싫었다. 그러다 두 가지 생각이 들었다. 순위에 오르면 상금을 받을 수 있다. 경력도 쌓을 수 있겠다 싶어 YES를 했다. 나중에는 NO라고 할 걸 후회하기도 했다. 대충 읽었는데 예선은 통과했다. 본선에서는 3등 안에 들면 좋겠다. 100명 중의 3등.

본선 퀴즈대회에 나가려면 지정 도서 다섯 권을 읽어야 한다. 그 책들도 잘 보지 않았다.(어머니, 죄송합니다.) 11월 8일이 오지 않고 11월 7일에 모든 게 멈췄으면 좋겠다고 생각했다. 하기 싫다고 백 번 말을 한 것 같다. 내가 예선하는 날, 엄마는 ZOOM 수업을 들어야 한다고 했다. 성당에 혼자 갔다. 엄마도 일정이 있으니 이해할 수 있다. 이 밖에도 있지만 올해 인상 깊었던 두 가지로 적어봤다.

엄마는 고집이 세다. 다섯 가지 예를 들어보겠다.

먼저, 우리 엄마는 사탕이나 캐러멜 같은 달콤한 간식을 먹이지 않았다. 흔한 뽀로로 음료도 사주지 않았다. 어린이집에서 사탕 간식을 줄 때도 나는 개인적으로 준비한 비타민을 먹었다. 요즘은 전부 먹지만 그땐 그랬다.

두 번째로는 텔레비전을 보여주지 않았다. 친할머니, 외할머니네 가거나 영화를 볼 때를 제외하고 절대 켜는 법이 없다. 아빠가 엄마 없을 때 몰래 보여준 적은 있다. 요즘도 여전히 텔레비전은 켜지 않는다.

엄마와 나, 두 개의 서정시

세 번째로는 정해진 시간에 잠을 자는 것이다. 8시 반이 되면, 불을 끄고 침대에 누워야 한다. 4학년인 지금도 여전하다.

네 번째는 핸드폰 자체가 없다는 점이다. 게임도 못하고 유튜브도 보지 못한다. 엄마가 늦게 사주는 것은 괜찮지만, 대학교 갈 때 사주는 것은 너무하다고 생각한다.

마지막으로는 밖에서 친구들과 놀지 못하게 한다. 친구랑 놀아 본 적이 몇 번 없다.

앞으로 하기 싫은 건 무조건 NO라고 해야겠다고 다짐했다. 하지만 좋은 점도 있었다. 백일장 대회에 나가서 우수상 받았고 퀴즈대회도 100명 중 20등이라도 했기 때문이다. 이런 것들을 해 보는 것도 나쁘지 않다고 느꼈다.

2학년 때, 나는 거절을 잘하지 못했다. 싫다고 말하지 못해 좋아하는 '포차코' 열쇠고리를 같은 반 친구에게 주었다. 지금의 나는 필요할 때는 싫다고 말한다. 마음 여린 애들은 '호구'가 된다. 친구가 사달라는 걸 다 사주고, 해달라고 하는 걸 거의 다 해 준다. 정반대인 애들은 딱 잘라 '싫어!'라고 말한다. 나는 중간이다.

싫다는 말을 잘 하지 않으면, 그 사람의 생각을 알 수 없다. 반대를 위한 반대가 아닌 '싫다'라는 말은 해야 한다고 생각한다.

우리 아빠는 싫다는 말은 많이 하면서 또 다 해 준다. 왜 말 따로 행동

따로 하는지 모르겠다. 그 반대로 우리 엄마는 안되는 건 안 된다고 하고, 되는 건 된다고 한다. 나의 말하는 방식은 딱 잘라 말하는 아빠와 비슷하다. 나는 아빠랑 다르게 말과 행동이 일치하도록 노력해야겠다.

　원하지 않는 것을 하지 않으면 좋을까? 생각해 보면 그렇지는 않다. 양치하기 싫다고 매일 양치를 하지 않으면 금니, 은니를 씌우거나 임플란트를 해야 할 수도 있다. 다행히 나는 충치가 하나도 없다. 하기 싫은 것을 하지 않으면 분명히 나중에 돈이 많이 들 것이다.

　나는 하기 싫은 것이나 무서운 일을 도전하면 용기가 더욱더 굳건해진다는 것을 알게 되었다. 도전하려는 마음이 커졌다. 예전에는 틀리고 실수하는 게 싫었다. 지금은 몇 개 틀려도 화나지 않는다. 줄넘기 못해서 슬프긴 하다. 잘하고 싶다. 2학년이 나보다 잘한다. 운동은 나의 아킬레스건이다. 그래서 합기도는 계속 다니려고 한다. 이제 2단을 딸 예정이고, 외발자전거 마라톤에도 나갈 거다.

　　　　　　　　　엄마와 나, 두 개의 서정시

아이 성장을 알아가는 시간

김희진

하기 싫다는 말에는 잘하지 못해서라는 속뜻이 숨어 있지는 않을까.

아기는 '싫다'를 울음으로 표현한다. 시간이 지나면서 언어를 배우고, 자신의 의사를 말로 표현할 수 있게 된다. 학교에 다니면서부터는 하기 싫은 일도 해야 한다. 어른이 되면 더더욱 그렇다. 살아가면서 우리는 누구나 하기 싫은 일을 마주한다. 원하는 일만 하면서 살 수 있는 사람은 드물다. 나 역시 나이를 먹으며 깨달았다. 아이에게 이 사실을 이해시키기는 쉽지 않다. 그럼에도 윤이에게 알려주고 싶었다. 힘든 일도 해봐야 성장할 수 있다고. 달콤하고 쉬운 일만 하다 보면 발전이 없다고.

지난여름, 윤이의 난생처음 백일장. 천주교 인천 교구에서 주최한 신앙 백일장이다. 책은 윤이가 직접 골랐다. 사실 내 역할은 적다. 책 사주기, 마인드맵으로 시작하는 게 어떠냐고 물어보기. 이 정도뿐이다. 글을 쓰는 행동은 오롯이 아이 몫이기에. 책을 읽고 다시 읽고, 또 읽으며 한 달 동안 씨름하듯 꾹꾹 써갔다. 부족한 부분이 보였지만, 원고지에 옮겨 마침표를 찍고 제출했다. 시작은 가벼웠다. 과정은 쉽지 않았다. 끝까지 마무리했다는 것에 의미를 두었다. 결과는 10월 중순에 나온다. 할 일은 다 했다.

10월이 되었다. 잊고 있었는데 선생님이 윤이에게 당부했다. 이번 주 꼭 나오라고. 토요일 어린이 미사 시간 중에 윤이는 상장을 받았다. 우수상. 상장과 선물을 손에 쥔 윤이 마음은 어떤 마음이었을까. 힘들어도 도전해 보는 경험의 소중함을 조금이나마 느꼈을 것이다. 엄마인 내가 아무리 밀어붙여도 아이가 스스로 움직이지 않으면 소용없다. 결국 해 낸 사람은 아이였다.

윤이 성장 과정을 통해 내 어린 시절을 돌아봤다. 글 쓰는 백일장에 참가한 적이 한 번도 없었다. 글쓰기와 그림 그리기. 둘 중 하나 선택할 때는 그림을 택했다. 글을 쓰려고 하면 어떤 것부터 써야 할지 막막했다. 방학 숙제였던 독후감은 들어가는 글과 나가는 글을 참고해서 썼다. 내 감상은 들어가지 않았다. 생각을 글로 어떻게 표현해야 하는지 몰랐다. 하기 싫다는 말에는 '잘하지 못해서'라는 속뜻이 숨어 있지는 않을까.

윤이가 네 살 때. 토요일마다 영어 발레를 하러 문화센터에 다녔다. 영어 발레를 시킨 건 순전히 엄마인 내 욕심이었다. 윤이는 발레가 뭔지도 모르는 채, 핑크색 발레복을 입었다. 선생님을 흉내 내는 시간. 교실 뒤에 늘어선 엄마들은 사진 찍기에 바빴다. 겨울학기까지 잘 다녔는데. 봄학기 중에 선생님이 갑자기 바뀌었다. 나중에 알게 된 사실. 당시 선생님은 임신 중이었다고 한다. 유산이 되었다는 거다. 그 뒤로 선생님이 한 번 더 바뀌었다. 처음 선생님께 익숙했던 걸까. 윤이는 동작을 따라 하기 싫어했다. 한 명씩 앞으로 나가며 점프해야 할 때면 울상을 지었다. 잘하던 기본 동작도 못 한다며 내 품에서 떨어지지 않았다. 시간이 지나면 좋아질 줄 알았는데 나아질 기미가 없었다. 하지 않을 거면 교실 밖으로 나가자고도 말해봤다. 수업 중간에 나가기는 싫다며 나가려 하지 않았다. 이번 학기만 하자고 약속했다. 발레 시켜보겠다는 마음은 딱 접었다. 예전에 하던 유아 체육, '트니트니' 다시 등록했다. 윤이가 웃었다. 아이가 편해지니 내 마음도 가벼워졌다. 같은 교실에서 진행하지만, 전혀 다른 윤이 표정. 아이가 어떤 것을 좋아하는지 알아가는 시간이었다.

하기 싫다는 윤이 말은 잘 못해서 하기 싫다는 뜻이었다. 뭐든 잘하고 싶어 하던 윤이였다. 엄마인 내 눈에는 마냥 귀여울 거 같아 시켰던 발레. 아이에게는 스트레스였던 것을 나중에야 알았다.

아이의 마음을 알아주는 동시에 성장하도록 돕기도 해야 한다. 균형을 맞추기가 쉽지 않다. 하기 싫은 마음을 보듬어 주면, 문제를 넘어설 수도 있다. 힘들면 그냥 하지 말라는 핀잔 대신 응원과 지지를 보탠다. 밑거름은 대화에서 시작된다. 아이가 꽃길만 걷기를 바라는 게 아닌 도전을 향해 나아가도록.

　퀴즈대회 본선을 앞두고 전쟁을 치렀다. 봐야 하는 책은 안 보고 엉뚱한 만화책을 몰래 보고 만 것이다. 육감적으로 알아차렸다. 만화책 보지 않았다고 딱 잡아떼는 윤이. 무엇보다는 거짓말하는 게 더 나쁘다는 메시지를 쿵 박았다. 반성문을 쓰라고 했다. 퉁퉁 부은 얼굴로 내민 반성문. 글씨는 또박또박 썼다. 평소답지 않은 글씨체. 윤이는 진심을 담았다. 마지막 문장을 읽으며 나는 미소 지었다.
　'행동하기 전에 옳은지 옳지 않은지 따져보고 행동하겠습니다.'
　누구에게나 선한 마음, 양심이 있다. 윤이도 자신의 선한 마음 발견했기를 바란다. 만화책 볼 수 있다. 잠깐 잔소리 듣고 끝날 일이다. 잔소리를 피하기 위한 거짓말. 눈속임에 불과하다. 지금 생각해 보면 내가 너무했나 싶기도 하다. 윤이가 스스로 하고 싶었던 일이었다면 하지 말라고 해도 했을 테니까. 일일이 따라다니며 잔소리할 수도 없다. 윤이의 양심에 맡길 수밖에. 얼굴색 바뀌지 않고 태연하게 연기하는 윤이를 보며 많은 생각이 들었다. 이제 아기가 아니구나. 다 컸구나. 임기응변에 뛰어나구나. 앞으로 잘 살아가겠구나. 그럼에도 선한 마음은 기억했으면 좋겠다.

　　　　　　　　　　　엄마와 나, 두 개의 서정시

전쟁을 치르고 며칠 후, '하은 맘'으로 유명한 김선미 작가의 블로그 글을 봤다. 블로그 제목은 〈니 애는 계속 거짓말을 할 거야〉였다. 내 얘기였다. 이제 슬슬 거짓말을 할 시기인 거다. 그때마다 애를 잡는 일은 하지 말라는 내용이 담겨 있었다. 드라마 〈X파일〉의 멀더와 스컬리로 수시로 변하는 엄마들을 위한 글이었다. 그냥 눈감아주고 모른 척하라고. 그렇게 멋진 엄마가 되라고. 어엿한 사회인이 된 자기 자녀에게도 고난의 시절이 있었다며. 나를 위로해 주는 듯했다. 이 시기 아이들은 거짓말하고 숨기는 게 당연한 거였다. 영유아 시기 아이들이 징징대는 것처럼. 괴롭지만 별거 아닌 거라고. 중요한 건 거짓말을 대하는 나의 태도. 제일 멋진 엄마는 모른 척하고 그냥 넘어가는 엄마. 그나마 나은 엄마는 눈치챈 것 티 내고, 폭발하고 사과하는 엄마. 꼴찌 엄마는 〈X파일〉 주인공으로 빙의해서 철저 수사 후, 낙인찍고 사과도 안 하는 엄마라고. 나는 두 번째와 꼴찌 엄마 그 중간 어디쯤 있었다. 쓸데없이 촉은 좋아서.

김선미 작가 글을 읽고 눈물지으며 웃었다. '우리 모녀만 그런 게 아니구나.' 내 현실을 그대로 옮겨놓은 아름답지 않은 이야기가 진하게 다가왔다. 그리고 기운이 났다. 촉이 발동하겠지만, 모른 척하는 연기 연구 좀 해봐야겠다.

싫어 뒤에 숨은 마음

김우진

'싫어'는 마음을 들여다봐 달라는 말이었습니다.

나는 가끔 할머니가 시키는 말이 듣기 싫을 때가 있다. "공부해라.", "정리 좀 해라.", "게임 그만해라."

이런 말을 들으면 마음속에 작은 구름이 끼는 것처럼 괜히 짜증이 올라온다. 그래서 무심코 "싫어!"라고 말해버릴 때도 있다. 그런데 조금만 지나면 마음 한쪽이 무거워진다.

할머니가 나를 혼내려고 그런 게 아니라, 나를 걱정해서 말한 거라는 걸 금방 알아차리기 때문이다. 그래서 가슴속이 살짝 따끔거리고, '내가 왜 그랬지?' 하고 후회가 밀려온다..

어느 날 밤, 숙제를 안 하고 게임만 하다가 결국 할머니가 화를 내셨다. 나는 짜증 난 마음 그대로 큰 소리로 말했다. "싫어! 그냥 나 좀 내버려 둬!" 그리고 꽝하고 방문을 닫았다. 방안은 갑자기 너무 조용해졌다.

엄마와 나, 두 개의 서정시

조용함 속, 문 너머로 할머니의 깊은 한숨이 들렸다. 그 소리는 그냥 소리가 아니라, 마음속에 바로 닿는 것 같았다. 그제야 내 화가 서서히 풀렸고, 할머니 마음이 떠올랐다. 나는 문을 살짝 열고 조용히 말했다.

"할머니, 미안해요." 할머니와 엄마는 조금 놀란 얼굴로 나를 바라보다가 따뜻하게 안아주며 말했다.

"괜찮아. 할머니는 네가 힘들까 봐 말한 거야." 엄마의 말을 듣는 순간, 나는 알게 되었다.

내가 "싫어!"라고 말할 때, 사실 속마음은 '나도 사랑받고 싶어.', '내 마음도 알아줘.'라는 마음이 숨어 있었다는 것을. 엄마와 할머니는 나의 숨은 마음을 알아채 주셨고, 나는 할머니의 마음을 조금 더 깊이 이해하게 되었다.

그 후로 누군가가 나에게 "싫어."라고 말할 때, 그 말이 반드시 미워서 하는 말이 아닐 수도 있다는 걸 알게 되었다. 그 속에는 서운함, 외로움, 혹은 사랑받고 싶은 마음이 들어 있을지도 모른다..

진짜 관계는 말의 모양이 아니라, 말을 꺼내게 만든 마음의 깊이를 보는 것이라는 걸 할머니와 엄마의 대화 속에서 배웠다. 며칠 전에도 나는 엄마에게 "싫어!"라고 말한 적이 있다. 숙제하라고 하셨는데, 그날은 정말 손도 대기 싫었다. 말을 내뱉고 방으로 들어왔지만, 마음 한구석이 계속 찜찜했다. 잠이 쉽게 오지 않는 밤, 거실에서 엄마가 설거지하는 소리가 들렸다. 그릇들이 부딪치는 작은 소리가 이상하게 슬프게 느껴졌다. 나는 살금살금 나가 조용히 말했다.

"엄마 미안해요." 엄마는 놀란 눈으로 나를 바라보다가 미소 지으며 말했다.

"괜찮아. 네가 솔직해서 오히려 고마워." 엄마의 말을 듣는 순간, 나도 모르게 마음이 따뜻하게 퍼졌다.

그날 이후 나는 알게 되었다. '미안해'와 '고마워'라는 단어는 떨어져 있는 말이 아니라 서로 이어진 마음이라는 것을.

미안함은 마음의 문을 살짝 열어 주고, 고마움은 그 문이 닫히지 않도록 지켜주는 열쇠라는 것을.

지금도 엄마가 나를 부를 때 가끔 "싫어."라고 말하고 누군가가 나에게 "싫어!"라고 말할 때, 그 말 뒤에는 서운함, 외로움, 혹은 사랑받고 싶은 마음이 숨겨져 있을 수도 있다는 것도 이해하게 되었다.

나는 믿는다. 진심은 언제나 말을 통해 마음으로 전해진다는 것을.

"미안해요."라고 말하는 건 부끄럽지 않았다. 사랑받고 싶은 마음, 다시 가까워지고 싶은 마음이 들어 있었다. 그리고 "고마워요."라고 말할 때, 마음이 따뜻해졌다. 미안함은 마음의 문을 열고, 고마움은 그 문을 닫히지 않게 지켜주는 열쇠다.

말 뒤에 숨어 있던 부탁

이석경

그때의 '싫어'는 반항이 아니라, 안아달라는 말이었습니다.

"싫어." 세상에서 가장 짧지만, 많은 감정을 품은 말이다. 이 한마디는 관계를 멀어지게도 하고, 더 깊게도 만든다. 사람들은 흔히 싫다는 말을 거절이나 부정으로만 받아들이지만, 그 안에는 "내 마음을 이해해 주세요."라는 작은 진심이 숨어 있다.

1995년 봄, 나는 세 살 딸의 손을 잡고 유치원 앞에 섰다. 빨간색 리본이 달린 가방, 발끝에는 하얀 운동화, 그리고 두근거리는 작은 가슴. 딸은 교실 문 앞에서 나를 올려다보며 말했다. "엄마, 가지 마. 싫어."

그 말은 마치 세상의 끝처럼 들렸지만, 지금 돌이켜보면 그것은 두려움이 건넨 가장 솔직한 표현이었다. 낯선 공간이 무서웠던 게 아니라, 엄마의 품에서 잠시라도 떨어지는 것이 두려웠을 수 있다. 그 시절의 나는 몰랐다. 아이의 '싫어.' 속에 "나를 더 안아주세요. 나를 혼자 두지 말아 주세요."라는 진심이 숨어 있었다는 것을. 관계는 말의 표면을 믿을지, 마음의 속뜻을 들을지에 따라 달라진다. 딸의 '싫어.'라는 말을 거절로 들으면 관계가 멀어지고, 신호로 받아들이면 사랑이 자란다. 세월은 흘러 어느새 아이는 어른이 되었다. 요즘은 딸이 내게 말한다.

"엄마, 그런 말 하지 마." 그말 뒤에 이어지는 마음은 분명하다. "그 말이 내 마음을 아프게 해요." '싫어.'는 사랑의 반대말이 아니라, 관계 온도를 조절하는 표현이다.

심리학자 폴 에크먼은 인간의 감정은 1차 감정과 2차 감정으로 나뉜다고 설명했다. '싫어.'라는 말은 사실 1차 감정(불안, 두려움, 서운함)을 숨기고 표현되는 2차 감정이다. 즉, 표면의 말은 부정 같지만, 속마음은 보호받고 싶은 욕구에 가깝다. 그래서 이 말은 밀어내기보다 지금은 나를 조심히 다뤄 달라는 신호로 읽히는 편이 정확하다.

오프라 윈프리는 어린 시절 가족에게 "싫어."라는 말을 자주 했다고 한다. 그녀의 회고록에 따르면, 그 말은 반항이 아니라 "나도 사랑받고 싶어요."라는 절규였다고 설명한다. 후에 그녀는 말한다.

"아이의 '싫어.'라는 표현은 반항이 아니라, 안전을 향한 마음의 나침반입니다." 내 딸이 그날 유치원 앞에서 내뱉은 그날의 말도 바로 그런 나침반이었을 것이다.

'싫어.'라는 말은 파도 같다. 가까이 다가왔다가, 갑자기 멀어지는 것처럼 보이지만 결국 바다는 늘 그 자리에 있다. 부부 사이의 "그 얘기 이제 그만해." 직장 동료의 "그 방식은 조금 불편해요." 친구의 "난 그런 말이 힘들어." 이 모든 표현은 단절이 아니라 자기 보호의 언어다. 그 속엔 "나는 상처받고 싶지 않아."라는 속삭임이 숨어 있다.

진짜 위험한 말은 '싫어'가 아니라 '괜찮아'라는 말이 아닐까 싶다. 사람들이 가장 두려워해야 할 말은 오히려 '괜찮아'일 수 있다. 마음이 닫혔을 때, 감정이 마비되었을 때, 사람들은 이렇게 말한다. "괜찮아요.", "신경 쓰지 마세요." 심리학에서는 이런 상태를 감정 차단(emotional shutdown)이라고 부른다.

관심이 남아 있지 않을 때, 오히려 부드러운 말로 관계가 종료된다. 그래서 전문가들은 말한다. "'싫어'라는 말은 아직 관계가 살아 있다는 증거입니다."

진짜 관계는 '좋아'를 얼마나 말하느냐가 아니라 불편한 신호를 어떻게 다루느냐로 깊어진다. 서툰 감정까지 받아줄 품의 넓이가 관계의 깊이를 만든다. 누군가의 말 앞에서 필요한 것은 반박이 아니라 멈춤이다. "그 말이 불편했구나.", "지금은 혼자 있고 싶구나." 이렇게 마음의 언어로 번역하는 순간, 관계는 다시 열린다.

누군가의 말에 내 마음이 흔들릴 때, 그 흔들림은 상처가 아니라 초대

일 수 있다. "내 안을 좀 더 들여다봐 주세요." 그 초대에 응하는 사람이, 결국 사랑을 깊게 만든다.

"거절처럼 들린 말은 종종 이해를 요청하는 신호다."

5.

거절하는 진짜 속마음

안주원

귀찮아서 피하고 싶었던 일들 속에, 나의 성장이 숨어 있었다.

엄마는 나에게 항상 새로운 것을 권한다. 새로운 악기를 배워보아라, 책을 읽어보아라, 같이 수영을 다니자. 몇 년 전부터 엄마는 책을 쓰고 다이어리를 사용했다. 엄마가 왜 책을 쓰는지 도통 이해가 안 됐다. 그 귀찮은 일을 어떻게 매일 할 수 있는지. 누가 숙제 검사를 하는 것도 아닌데 진짜 이해가 안 됐다. 그러더니 엄마가 최근에는 나에게도 책을 써보라고 하셨다. 그래서 지금 내가 쓰고 있는 글도 엄마가 권해서 하는 중이다.

엄마가 새로운 것을 권할 때마다 생각한다. 왜 계속 내가 원하지도 않는 것을 시키지? 엄마가 권하는 건 대부분 귀찮고 힘든 일이기 때문이다. 사실 엄마가 시키는 게 큰 의미가 있는 것도 아닌 것 같고 꼭 필요한 일이 아니라고 생각할 때도 많다. 그래서 엄마가 시키는 일을 안 하겠다고 한 적이 꽤 있다. 귀찮은 것을 과하게 싫어하는 성격이기도 하고 엄마가 권하는 것 중에 마음에 드는 것이 거의 없어서 더 그렇기도 하다. 이번 글쓰기도 마찬가지다. 글을 쓰기를 귀찮아하는 나는 엄마가 나에게 책을 쓰자고 말하는 것을 듣고 왜 이런 걸 계속 시킬까 하고 불만이었다. 내가 글을 쓰는 건 순전히 엄마가 원해서 시작한 것이다.

작년 겨울엔 엄마가 영어 문법 강의를 들어보라고 했었다. 싫다고 몇 번 거절하다가 결국 설득당해서 강의를 듣고 숙제를 한다고 한 달 넘게 고생했다. 이걸 내가 왜 한다고 했을까 후회도 하고 짜증도 냈다.

엄마는 한 번 마음먹은 건 한다고 할 때까지 설득하는 사람이니까 정말로 하기 싫은 일이 아니면 좀 참고 해 보려고 노력했다. 그래서 드럼을 배우고 영어 문법도 익혔고, 저녁마다 같이 책도 읽었다.

솔직히 말하면 하기 싫은 일을 했더니 좋은 점도 있었다. 드럼을 배워뒀던 덕에 중학교에 입학하고 밴드부에서 연주도 할 수 있었고 학원에 다니지 않아도 영어 실력이 나쁘지 않았다. 친구들과 선생님께 칭찬을 듣는 게 기분 좋을 때도 있었다.

엄마가 억지로 시킨 일들이라 대충 하는 시늉만 한 적도 있다. 꼬박꼬박해야 하는 숙제를 빼먹은 적도 많았고 휴대폰 보면서 집중하지 않고 대충 문제집을 푼 날도 많았다. 지금도 숙제가 없거나 아무도 지켜보는 사람이 없을 땐 여전히 대충대충 한다. 그래도 한 가지만은 자신 있다.

나는 한번 시작한 일을 중간에 포기한 적은 없었다는 것이다. 귀찮은 일을 끝내고 나면 돌아오는 해방감이 좋았기 때문이다.

엄마가 시킨 일을 시작 할 때 나는 새로운 것이 두렵다기보다는 어떻게 시간을 쪼개서 이 일들을 다 할까 하며 걱정이 앞설 때가 많다. 일단 시작해도 순간순간 그만두고 싶을 때도 많다. 그럴 때마다 기왕 시작한 거 끝까지 해 보라고 응원하는 엄마, 아빠의 말을 듣고 끝까지 버틴다. 그러다 결국 해내면 뛸 듯이 기쁘다. 그런 기분은 안 느껴본 사람은 있어도 한 번만 느껴보고 도전을 멈춘 사람은 없을 거다. 중독성이 있다.

글쓰기도 처음 해보니 너무 어렵다. 뭘 글로 쓰나 막막하기만 하다. 하지만 지금까지 엄마가 시킨 일을 다 해냈을 때 결과가 나빴던 적이 없었다는 걸 알기 때문에 이번에 쓰는 글도 나에게 좋은 영향을 미칠 것이라고 믿고 있다.

매번 시작하기 전엔 싫다고 말하지만, 싫다는 말 속에 거절하고 싶은 마음만 있는 건 아니다. 보나 마나 귀찮을 테니 망설여지는 마음과 해내고 나면 뛸 듯이 기쁠 걸 기대하는 마음이 반반이다. 중간에 포기하는 건 내가 용납할 수 없으니, 시작을 신중하게 하는 거다. 엄마는 내가 알겠다고 말할 때까지 오랫동안 기다려준다. 엄마의 절대 급하지 않고 끈질기게 기다리며 설득하는 성격 덕분에 사춘기가 와도 엄마랑 사이가 좋다는 생각도 든다.

이제는 엄마가 권하는 일 말고 내가 원하는 일도 해 보려고 한다. 보통 내가 하고 싶은 일은 다 놀고 쉬는 것들이다. 이제 그런 쉬운 일 말고 좀 멋진 일, 괜찮은 일을 할 때가 된 것 같다. 예를 들어 혼자 시험공부를 체계적으로 하는 것, 시간을 정해서 운동하는 것, 독서를 꾸준히 하는 것 말이다. 이렇게 나 혼자 계획해서 해내는 일들이 많아지면 엄마가 시킨 일들도 앞으론 싫다고 말하지 않고 잘 해낼 수 있을 거라고 믿는다.

엄마는 나를 사랑한다고 하면서 엄마가 아들에게 안 좋은 일을 시키겠냐며 한다. 나도 그 말에 동의한다. 어떤 엄마가 아들에게 안 좋은 일을 시키겠나. 그러니 앞으로도 엄마가 권하는 일은 긍정적으로 검토해 보고 되도록 시작하고 끝을 보아서 나를 더 발전시키는 계기가 되었으면 좋겠다. 그리고 내가 원하는 일이 무엇인지도 생각해 보고 도전해 보는 시간을 가지려고 노력해 봐야겠다.

싫다는 말은 이제 그만

안주하

싫어도 꾹 참고 했더니, 도전할 용기가 생겼다.

나는 4학년 때부터 3년 동안 테니스를 배웠다. 우리 가족 모두 테니스를 배우기 때문이다. 처음엔 저녁에 운동하러 가는 엄마, 아빠, 오빠 때문에 혼자 집에 있기 무서워서 가족을 따라 테니스장에 다녔다. 그러다 3학년 때부턴 본격적으로 레슨을 시작했다. 내가 원한 게 아니고 엄마, 아빠가 시켜서 시작한 거였다. 아빠는 원래 테니스, 달리기, 자전거 타기 등 운동을 좋아하셨다. 그래서 나도 아빠가 배워보라는 말에 테니스를 배우게 되었고, 그게 3년 동안이나 이어져 왔다.

덥고 추울 때는 레슨 받으러 가기 싫을 때도 있다. 매주 두 번씩 오후 8시 40분부터 연습을 해야 했는데, 집에 돌아오면 거의 10시가 된다. 특히 숙제가 있을 때나, 해야 할 일이 많을 때는 더 피곤해서 진짜 가기 싫다는 생각이 들 때도 많다.

저녁을 먹고 엄마가 테니스 레슨 가자고 말하면 나는 괜히 짜증이 날 때가 많다. 가기 싫다고 떼를 쓴 적도 많았다. 잠도 오고 귀찮고 늦은 시간에 나갔다가 씻고 자려면 생각만 해도 짜증이 나서 자주 그렇게 말했었다.

레슨을 처음 시작할 때는 라켓이 너무 무거워서 팔이 많이 아팠다. 자세도 이상하고, 어색하기만 했다. 내가 원하는 대로 공이 날아가지 않으니, 레슨할 때마다 기분이 나빴다. 오빠는 나보다 테니스를 일찍 시작했는데 오빠가 나보다 테니스를 잘하는 것도 맘에 안 들었다. 항상 뒤처지는 기분이 들어서 속상했다. 레슨이 끝나고 나면 힘들고, 피곤하고 잘하고 싶어서 화가 났다.

하지만 테니스를 연습하면서 나는 몸이 조금씩 건강해지는 걸 느꼈다. 지금은 체력이 많이 좋아진 것 같다.

최근에는 테니스를 배우길 잘했다는 생각이 들 때도 있었다. 학교에서 체육 시간에 피클볼이라는 새로운 스포츠를 배우게 되었다. 피클볼은 네트형 스포츠인데, 테니스와 비슷한 스포츠이다. 나는 테니스를 오래 배웠기 때문에 피클볼도 금방 익힐 수 있었다. 공이 오는 타이밍을 잘 잡고 재빨리 뛰어가야 피클볼을 잘 칠 수 있다. 여학생들은 잘하기 어려운 종목이다.

엄마와 나, 두 개의 서정시

그런데 피클볼 첫 시간에 내가 라켓을 휘두르는 것을 보시고, 체육 선생님께서 내게 시범을 보이라고 말씀하셨다. 뿌듯했다. 평소에는 반장에게 시범을 보이라고 하시는데, 이번에는 나에게 시범을 보이라고 하시니 기분이 좋았다. 테니스하길 잘했다고 처음으로 느낀 순간이었다.

테니스 레슨을 받으며 라희라는 친구도 사귀었다. 그 친구도 아빠를 따라 코트에 나와서 나와 같이 테니스를 배웠었다. 테니스 연습이 끝나면 라희와 학교에서 있었던 속상했던 일들을 나누었다. 같은 운동을 하고 같은 취미를 가진 아빠를 가진 친구를 테니스코트에서 만나 사귈 수 있었다.

가끔은 테니스장에 반려동물을 데리고 오시는 분들도 있었다. 그 중엔 짧은 털을 가진 강아지가 있었는데 그 강아지 이름이 보리였다. 내가 키우는 강아지랑 이름이 똑같았다. 우리 집 보리도, 그 보리도 내 말을 잘 따라서 테니스코트에서 같이 놀았던 기억이 즐거웠다.

테니스하며 집중력이 좋아진 것도 자주 느낀다. 코트 안에서 공을 치고 움직이는 동안에는 다른 생각이 사라지고, 테니스에 집중할 수 있게 된다. 덕분에 학교 수업이나 영재원에서도 집중이 더 잘 되는 것 같다.

테니스를 처음 시작했을 때 나는 그냥 귀찮고 싫은 마음, 피곤한 마음이 가득했었는데, 이제 와 생각해 보면 그동안의 시간이 헛된 시간이 아니었다. 건강과 체력 변화도 물론이고, 마음이 성장한 것 같은 느낌이

든다. 이제는 싫다고만 얘기하지 않고, 처음엔 힘들지만 나한테 도움이
될 만한 것들도 생각해 보며 많이 도전해 보아야겠다.

7.

믿음이 단단한 관계

강혜진

아이의 싫다는 말은, 나를 믿는다는 신호였다.

남편은 참 다정한 아빠다. 바쁜 아내를 대신해 저녁을 차리고, 아픈 아이를 정성으로 보살핀다. 그중 가장 대단하다고 생각했던 것은 퇴근 후 아이들의 공부를 봐주는 일이었다. 주원이와 주하는 초등학교 5학년 이 된 이후론 학교에서 돌아오면 식탁에 아빠와 나란히 앉아 영어 단어 를 외우고 수학 문제를 풀었다. 학원에 다니지 않던 주원이가 뒤늦게 다 니기 시작한 학원에서 뒤처지지 않고 진도를 따라갈 수 있었던 건 다 남 편 덕분이었다.

처음부터 남편이 아이들 공부를 봐 주었던 건 아니었다. 아이들이 고 학년이 되면서부터는 매일 신나게 놀게만 하면 안 될 것 같아서 아이들 공부가 걱정되지 않은 것은 아니었다. 하루에 몇 장씩 풀어보라고 문제

집을 사서 아이들에게 나누어 주고 숙제를 시켰다. 방과후학교에서 미술 수업을 듣고 오는 것이 고작인 아이들이 그래도 영어, 수학 기초는 닦아놔야 한다고 생각해서였다. 나란히 앉아 공부를 봐 줄 생각은 해 본 적이 없었다. 그저 저녁 식사가 끝나면 아이들에게 숙제 했냐 물어보기만 했다. 그런데 숙제 검사하는 나를 향한 아이들의 대답이 날카로웠다.

"엄마, 잔소리 좀 그만해."

숙제 이야기가 아니라 다른 이야기를 해도 반응은 비슷했다. 산책 갈래? 주말에 외식할까? 이번 방학에 여행 갈래? 아이들은 백이면 백, 뻐딱한 목소리로 싫다고 외쳤다. 그러다 어느 순간부터 싫다는 대답마저 귀찮아했다. 사정이 이렇다 보니 식탁에 아이를 앉혀 문제집을 펴게 하는 것부터가 곤욕이었다. 투덜대며 딴청 부리다가 싫다고 징징거리는 아이들. 연필도 헐렁하게 잡고 식탁에 앉은 자세부터 한숨이 나왔다. 결국 내가 인상을 쓰며 험악한 소리를 내면 겨우 조금 집중하는 시늉을 했다. 그런 기분으로 시작한 공부, 제대로 됐을 리가 없었다.

남편은 달랐다. 그에게는 내가 감히 흉내 낼 수 없는 카리스마가 있었다. 한없이 다정하고 부드럽지만 단호함을 겸비하고 있는 남편. 남편의 한마디면 아이들은 찍소리도 하지 않고 식탁에 앉아 어려운 문제도 착착 풀었다. 아이들은 잘하는데 엄마가 애들 공부에 관심을 가지지 않고 내버려둔다고 말하는 남편에게 나도 할 말이 많았다. 자기 없을 때 아이들이 나를 얼마나 쉽게 대하는지 꿈에도 모르는 것 같아 속이 터질 때도 많았다.

아이들의 투덜거림을 참을 수 없어 태도를 지적하면 멀찍이서 지켜보던 남편이 나섰다. 엄마가 아이들 마음을 챙겨야지 먼저 흥분하면 쓰냐며 듣기 싫은 옳은 말을 이어갔다. 나는 그 옳은 말이 싫었다. 누가 몰라서 그러나. 아이들이 아빠에게 하는 것의 반만이라도 엄마에게 해 주면 좋으련만. 꼭 나에게만 유난히 반항하는 것 같으니, 게다가 아빠 앞에서만 잘하는 모습을 보이니 불만이 쌓일 대로 쌓인 내가 하루는 참지 못하고 해서는 안 될 말을 내뱉었다.

"야! 너네, 엄마 무시하냐? 아빠 말은 고분고분 듣고, 엄마한테는 맨날 반항이야? 내가 우스워 보여? 우스워 보이냐고?"

홧김에 쏟아낸 그 말이 두고두고 부끄러울 줄 그 순간에는 몰랐다. 참아야 했는데.

얼마 전, 차를 한잔하며 교장선생님과 이야기 나눈 적이 있었다. 학교 안팎을 뛰어다니며 쉴 새 없이 일하시는 교장선생님께서 새로운 업무를 기획하며 의견을 내시면 나는 조심스럽게 반대 의견을 냈다. 학교장으로서 적극적으로 추진해 나가고 싶어 하는 많은 사업이 자칫 교사들에게 부담을 줄 수 있다고 교사 처지를 대변했다. 교실에서 아이들을 가르치는 데 지장이 될 수 있으니 신중하게 재고해 주었으면 한다는 말을 자주 했다. 가끔은 학부모의 마음으로, 때로는 학생의 눈으로, 우려할 만한 결과가 예상되면 자제해 달라 반대했다. 어찌 보면 딴지 거는 것처럼 보였을지도 모른다.

내가 이렇게 속마음을 자유롭게 표현할 수 있었던 것은 교장선생님의 개방적인 태도 덕분이었다. 교장선생님은 자기와 다른 의견에도 귀를 기울이고 수용하는 리더십을 가진 분이었다. 답을 정해놓고 다른 사람들의 말을 듣지 않으려고 했다면, 아마 나는 처음부터 반대 의견 따위는 없는 사람처럼 웃으며 하자는 대로 일을 추진했을 것이다.

교장선생님께서도 그런 나의 태도에 대해 언급하셨다. 예전 학교에서 업무 능력도 뛰어나고 아이들도 잘 가르치는 능력 있는 후배 교사들을 많이 만나왔단다. 그런데 그들에게 정을 붙이지 못했던 것은 관리자인 당신에게 언제나 좋다고 말하는 예스맨들이었기 때문이었단다. 반대 의견을 충분히 들어보고 설득력 있으면 수용할 의향이 있는데도 싫은 소리를 자처한 사람이 없어 자신의 경영 방향에 대한 피드백을 들을 수가 없어서 아쉬웠다고 하셨다.

올해는 자신의 반응을 살피기보다는 솔직하게 자신의 의견을 말하는 사람이 많아 오히려 반갑다고 하셨다. 일을 추진했을 때 예상되는 장단점을 확실히 말해주는 사람, 피드백도 정확하게 들려줄 수 있는 사람, 싫은 소리도 용기 있게 할 사람들이 많아 지금은 도움이 많이 된다고 하셨다. 그중에 나도 한 사람이라는 말씀을 덧붙이셨다.

내가 교장선생님께 싫다는 표현을 할 수 있는 것은 '믿음'이 있기 때문이다. 싫다는 말을 해도 관계가 무너지지 않을 거라는 믿음. 상대가 자신의 싫음까지도 온전히 받아들일 만큼 안심을 주는 사람일 때, 나는 거리낌 없이 싫다는 말을 입 밖으로 외칠 수 있었다.

아이들과 나의 관계를 되돌아보았다. 아이들의 투덜대는 소리와 싫다는 말을 나는 무시하는 행동, 버릇없는 태도, 반항으로만 여겼다. 고쳐야 할 대상이라 생각하니 거절 의사를 들을 때마다 화가 나고 섭섭해졌다. 돌이켜보면 얼마나 다행인가. 아이들 마음속에 거절당하지 않고 온전히 사랑받을 거라는 믿음이 자리 잡고 있다는 것이. 거기다 아빠는 아이들이 힘들만한 일들을 이끌어 주며 꾹 참는 습관을 길러주고, 엄마는 아이들의 힘든 마음을 오롯이 보듬어 줄 수 있다는 것이 말이다.

그 후로 나는 아이들에게 잔소리를 끊고 악역은 아빠에게 맡겼다. 나는 먹고 싶은 거 없는지, 힘든 거 없는지 물으며 꼭 안아 주는 사람만 하기로 했다. 온전히 "싫어." 소리를 들어주는, 마음 넓은 엄마로, 아이들이 단단하게 자랄 수 있도록 너른 품을 내어주는 엄마로 남기로 했다.

자매는 자주 싸운다

한지유

티격태격하지만 우리는 하루하루 행복을 쌓아간다.

우리 집에는 전쟁이 끊이지 않는다. 나는 중학교 3학년, 동생은 초등
학교 5학년. 겉보기에는 평화로운 자매 같지만, 화장품부터 식탁 위 반
찬 하나까지 양보 없는 싸움이 일어난다. 가장 자주 하는 말은 "싫어! 안
돼!", 그리고 "내 거잖아!"이다. 나는 우리 자매가 세상에서 사소한 일로
툭 하면 가장 많이 싸우는 자매로 기네스북에 등재될 수 있을 것이라고
확신했다. 동생과의 싸움은 흔히 3단계로 나누어져 있다.

1단계는 사소한 일로 싸우는 말다툼이다. 동생은 내 얼굴을 보고 갑자
기 "어우 왜 저렇게 생겼어?"라고 말할 때가 있다. 평소 같으면 아무 말
안 하지만, 기분이 안 좋은 날은 "응 아니야, 응 네 얼굴."과 같이 유치
하게 맞받아쳤다. 낮이며 밤이며 항상 듣던 동생의 통화 소리가 너무 커
지면 동생 방에 들어가 "어우 쟤 또 무슨 게임을 하는 거야? 조용히 좀

엄마와 나, 두 개의 서정시

해."와 같이 동생이 하는 게임을 보고 깔보거나 조용히 하라고 한다. 그런 티격태격하는 우리의 모습을 보며, 엄마는 늘 "너희는 왜 이렇게 싸우니?"라고 한숨을 쉬신다. 이 말다툼은 사소한 충돌일 뿐, 깊은 의미는 없다.

2단계는 말다툼이 격해져 동생이 울음을 터뜨리거나, 방문을 쾅 닫고 들어가 버리는 사소하진 않은 싸움이다. 내가 안 된다고 계속 말했는데 동생이 자꾸 우겨서 방에 있는 동생에게 "안 된다고 몇 번을 말해 너는 안 된다는 말을 이해 못해?"라고 소리를 지르고 잔뜩 화가 난 채로 방에서 나왔다. 나는 짧으면 5분, 길면 10분 뒤면 기분이 금방 풀렸다. 막상 방에서 동생이 보이지 않거나 울고 있으면 혹시나 내가 말을 너무 심하게 했던 건 아닌가 하는 걱정부터 앞섰다. 동생도 내일이면 풀려 있어서 나는 미안한 마음에 괜히 다음날에 잘해 준다. 그럼 동생은 '이 언니 왜 이래?'라는 눈빛으로 나를 쳐다본다.

이 두 단계를 뚫고 가장 깊숙한 곳에 숨어 있는 것은 바로 3단계 '가장 안전한 관계에서만 가능한 진심'이다. 얼마 전, 시험 기간 동안 예민해진 내가 사소한 일로 동생에게 심하게 화를 낸 적이 있다. 동생은 나랑 한마디도 안 했고, 나도 미안해서 마음이 불편했다. 그날 밤, 내가 새벽까지 게임하고 있을 때 동생이 문을 살짝 열고 "언니 아직도 안 자?"라고 물었다. 나는 "게임하고 있잖아 너도 같이 할래?"라고 되물었다. 동생은 자기 방에 가서 놀자고 했다. 그래서 동생이랑 놀다가 동생한테 라면 끓여주면 먹을 거냐고 물었다. 동생은 마침 배고팠다고 끓여달라고 했다. 나는 짜파게티를 끓여주고 동생이 먹는 것을 지켜보면서 입에도 먹여줬다.

그때 깨달았다. 우리가 수없이 '싫어'를 외치며 싸우는 이유는, 서로에게 가장 솔직하고 안전한 상대이기 때문이라는 것을. 다른 친구나 어른에게는 감정을 조절하며 예의를 지켜야 하지만, 동생에게는 내 모든 감정의 민낯을 드러내도 결국 끊어지지 않을 것이라는 깊은 신뢰가 있다. 우리의 관계는 싸움을 통해 얕아지는 것이 아니라, 오히려 매번 충돌하고 다시 화해하며 더욱 단단하고 깊은 뿌리를 내리고 있었던 것이다. 우리는 서로의 가장 못난 모습, 이기적인 욕심까지도 아낌없이 드러내 보였기에, 세상의 어떤 관계보다 견고하다. 우리가 말하는 '싫어'는 마치 이 정도는 견뎌내 줄 것이라고 외치는 애정 어린 시험지이자, 내가 새벽에 끓여준 짜파게티의 온기처럼 서로의 존재를 필요로 한다는 침묵의 고백이다. 가장 가까운 곳에서 치열하게 부딪치는 만큼, 우리 자매의 진심은 누구보다 깊고 진하다. 이렇듯 우리의 다툼은 단순한 '전쟁'이 아니다. 서로가 얼마나 중요한지를 확인하는 일종의 '의식'과 같다.

싸움이 끝난 후, 동생의 방문을 살짝 열고 확인하는 나의 행동, 그리고 나를 향해 먼저 말을 건네는 동생의 목소리. 오늘도 우리는 사소한 일로 다툴지 모른다. 이제 나는 시끄러운 다툼 속에 숨겨진 진심을 안다. 우리의 '싫어'는 세상의 어떤 관계보다 끈끈하고, 절대 흔들리지 않는 자매애의 다른 이름인 셈이다. 이 작은 행동들이야말로 우리가 서로를 절대 떠나보내지 않을 것이라는 가장 확실한 증거다.

싫은데? 소심한 복수, 기다림

김미예

내 마음이 따르는 대로 기다리고, 이해하면 복수 따윈 필요 없다.

'그냥' 해주면 될 것을. 꼭 딴지를 건다. 아이도 남편도. 내가 해달라고 부탁할 때는 이유가 있는데 몰라준다. 기다리지 못해 화를 낸다. 그날 도 강의 일정이 잡혀 있었다. 딱히 뭘 하는 건 아니지만 그래도 강의를 하는 건 신경이 쓰이는 일이다. 왜 좋게 해주면 될 것을 '싫어!'라고 말할 까. 바로 해주지 못한다면 "잠깐만 기다려줘. 요거 끝내고 해 줄게."라는 말도 있는데 무조건 반발부터 하고 본다. 괘씸하다. 기분 좋게 '그래!'라 고 해주면 어디 덧나나?

지유야, 엄마 가위 좀 가져다 줄래? 싫어! 엄마 이거 하는 동안 청소기 좀 돌려줘. 꿈쩍하지 않는다. 이번엔 '싫어.'라는 소리도 없이 아예 듣지 를 않는다. 여보! 상 위에 그거 좀 치워 줘요. 싫은데? 남편 역시 제때 해

엄마와 나, 두 개의 서정시

주지 않고 내 속을 긁는다. 한 번 요청했을 때 부정적인 말이 나오면 나는 몸이 먼저 반응한다. 속이 부글부글 끓고 얼굴이 붉으락푸르락 열이 오른다. 언제나 날카로운 소리가 먼저 나간다. 이처럼 매일 전쟁 같은 하루를 보낸다.

어릴 적 아버지는 무섭고 큰 산 같은 존재였다. 농사를 지었는데 아침에 학교 가기 전 부모님 일을 도와 드리거나 내 몫을 했을 때 밥을 먹을 수 있었다. 여기에 '싫어요.'라는 말은 붙일 수가 없었다. 불호령이 떨어질 것이 뻔하기 때문이다. 하우스 밭에 가서 비닐을 덮고 오라고 하면 그렇게 했고, 담배를 나르고 엮으라고 하면 그 또한 군소리 없이 했었다. 언니와 오빠는 동네 친구 집에서 텔레비전도 보고 구슬치기, 고무줄 놀이 등도 했다. 나는 칭찬받고 싶어서 일을 찾아서 했다. 동네 어른들이 '고 녀석 참 신통방통하다. 일을 어쩌면 저리 잘할까. 너 우리 집에 가서 살자.'라고 말할 정도였다. 내가 살아가는 방식이었다. 어른들이 하는 말씀만 잘 들어도 대우받는다는 사실을 일찍부터 눈치로 알았던 거다.

그 시절과 지금은 달라졌지만 요즘 아이들이나 어른들은 마음과 다르게 '싫어.'라는 말부터 내뱉는다. 한 번에 '그래.'라고 말하는 적이 드물다. 나는 그게 용납이 되지 않는다. 서로 기분 좋게 해주면 될 것을 꼭 반감을 사는 언어를 사용해 서로에게 생채기를 낸다. 기분이 상한 상태에서는 무슨 말을 해도 좋게 들리지 않는다. 나도 모르게 소심한 복수를 생각한다.

"엄마! 내 후리스 잠바 못 봤어? 추워서 입고 가려고 하는데 찾아 줘!"
싫은데? 내가 왜 그래야 하는데. 네가 알아서 찾아 입어. 난 몰라. 나의 반격이 시작되었다. 하고 싶지 않지만 괘씸한 생각에 나도 '싫어.'라는 말이 반사적으로 나오기 시작했다. 여보 내 양말, 오늘 입고 가려던 티 어디 있어. 챙겨놔. 내가 왜? 알아서들 입고 가. 유치하기 짝이 없지만 나는 질러놓고 본다. 웃긴 건 나에게 했던 행동은 생각하지 않고 자기들 기분 나쁜 거만 생각하고 투덜댄다. 참 우습다. 매일 전쟁이다. 세상이 너무도 빨리 변해가는 탓이라도 해야 하는 걸까. 억울하기도 하다. 자기들은 싫어! 해도 되고 나는 무조건 빨리빨리 대령이라도 해야 한다는 건가.

셋째가 이 모습을 보고 가당치도 않다는 듯 웃는다. "그냥 해주면 되지 그게 뭐라고 싸워?" 웃픈 현실이다. 초등학교 5학년 딸이 바라보는 어른들의 모습이란 얼마나 웃길까.
밑져야 본전이라는 생각에 지유에게 또 심부름을 시켰다. 지유는 반항이라도 하듯 한 번에 '알았어.'하는 법이 없다. 왜 나만 시키냐는 식이다. 얄미워서 지유가 뭘 해달라고 말하면 나도 똑같이 싫은데? 너한테 해 줄 떡볶이 없는데. 네가 알아서 사다 먹든가 해. 이것이 나의 소심한 복수다. 한편으론 이런 생각을 해본다. 살살 꼬드겨서 할 수 있도록 여유를 주고, 기다려 준다면 지유가 아무 싫은 내색하지 않고 '알았어, 엄마.'라고 바로 해주지 않을까 말이다. 상상해 봤다. 직접 그렇게 해보기도 했다. 어쩌다 기분 좋게 해주는 경우 있다. 그러나 그런 일은 가물에 콩 나듯 한두 번이다. 잘 없다. 마음속에 응어리가 있는지 헤아려보려 했지만 '싫어.'라는 의미 속에 나를 좀 관심 있게 봐 줘. 신호를 보내는 것은 아닌가 생각해 본다.

2020년 코로나가 전 세계를 덮쳤을 때, 남편과 주말부부로 일주일에 한 번 만나기 시작했다. 일주일에 한 번 서울 올라오는 남편을 기다리면서 나에게 작은 변화가 시작되었다. 남편이 없는 월요일부터 금요일까지 모든 걸 혼자 감당해야 했다. 아이들 육아도, 내 일도, 집안일도 모두. 그렇다고 죽을 만큼 힘이 든 건 없었다. 대신 빨리빨리, 싫어, 사소한 복수 등 부정보다는 기다리는 법을 배웠다. 욕이 튀어 나오려할 때, 잠시 숨을 고르고 좋은 생각을 했다. 지유와 지효가 내 바람대로 움직여 주지 않을 때도 기다렸다. 답답할 때는 미친 척하고 웃었다. 남편이 일주일 만에 오면 살갑게 안아주고 옆에서 이런저런 말을 붙이기도 했다. 처음엔 심호흡을 크게 해야 했다. 순간순간 열이 확 오르기도 했다. 이내 마음을 추스르려 노력했다. '그렇구나. 그럴 수도 있지. 그래라 그래.' 3그를 생각하며 상대의 입장을 고려해 보려 했다. 조금씩 식구들을 향한 마음이 열렸다. 무조건 참는 건 아니지만 '이해'라는 단어를 전면에 놓고 기다리는 법을 배웠다. 그래서 가족일까. 가장 가까우면서도 생채기를 많이 내는 사이가 아닌가 싶다.

지금은 기다린다. 소심한 복수? 그런 거 하지 않는다. 둘째 지유는 동생을 위해 봉구스 밥버거도 사온다. 셋째 지효는 아침에 언니보다 일찍 일어나 깨운다. 남편은 아이들을 위해 일 마치고 들어올 때 꼭 전화한다. 필요한 거 없는지.

내가 먼저 마음을 내면 상대도 그 마음 헤아릴 줄 안다는 사실을 '기다림' 덕분에 배웠다.

엄마와 나, 두 개의 서정시

제 4 장

♥

'언어',
마음으로 이어지는 말들

진심을 담은 말을
건넨 적 있나요?

1.

'반성문'에 대하여

김선윤

엄마와 싸울 때도 있지만 엄마가 있다는 것은 매우 좋다.

누군가에게 미안할 때, 나는 미안하다고 말한다. 고마운 마음을 전할 때도 마찬가지다. 엄마에게 가끔 미안하기도 하고 고맙기도 하다. 먼저 내가 잘못했을 때부터 말해보겠다.

어른들에게 들었다. 옛날에는 학교에서 잘못 한 게 있으면 반성문을 많이 썼다고. 그런데 나는 '집'에서 쓴다. 반성문을 쓰려면 매우 귀찮다. 머리를 쥐어짜야 한다. 다른 부모님들에게 이 방법이 널리 알리고 싶다. 혼날 일을 한 아이들이 반성문 쓰기를 빈다. 나만 당할 수 없기(?) 때문이다. 공평하게 벌을 받는 거다.

내가 반성문을 쓰게 된 이유는 이렇다.

1. 책을 마음대로 봄.

2. 할 일을 하지 않고 독서록 씀.

3. 책상 더럽힘.

4. 아침에 할 일을 하지 않음.

5. 발톱을 뜯음.

6. 몰래 유튜브를 봄.

7. 손톱을 뜯음.

그중에서 2번은 할 일 중 하나를 했으니 괜찮지 않나 싶다.

나는 요즘 아이들도 학교에서 반성문을 써야 한다고 생각한다. 왜냐하면 요즘 학교에서는 말로만 혼낸다. 대화로만 사과하고 용서하기 때문이다. 말만 잘하면 그냥 넘어가는 경우가 많다. 나중에 약속을 지키지 않기도 한다.

이제 고마움으로 가겠다. 사실 요즘 엄마한테 자주 혼나고 있어 고마운 게 생각나지 않았다. 엄마는 내가 할 일을 안 한다고 잔소리한다. 할 일을 안 할 수도 있지, 뭘 그렇게 따지나 싶다. 이럴 때 엄마는 불 뿜는 용 같고 나는 벌벌 떠는 용의 포로처럼 느껴진다. 이랬던 요즘 감사할 일이 생겼다. 3장에 쓴 이야기. 나는 백일장을 치렀다. 신앙 백일장에서 우수상을 받았다. 부상으로 문화상품권 삼만 원, 양말과 책 『프란치스코』를 받았다.

사실 백일장을 쓸 때도 전쟁을 치렀다.(사실 이 글을 쓸 때도 그랬다.) 엄마는 아니라고 하겠지만 나는 엄마 때문에 전쟁이 일어났다고 생각한다. 왜

엄마와 나, 두 개의 서정시

냐하면 나는 그냥 쓰려고 했다. 엄마가 거창한 방법을 알려줘서 쓸 수 없었다. 어쨌든, 나는 엄마와 싸우지 않고 싶었다. 엄마에게 고마움을 전하고 싶은걸, 엄마는 알려나 싶다. 나는 엄마와 싸울 때도 있지만 엄마가 있다는 것은 매우 좋다. '엄마가 없으면 밥을 어떻게 먹지?', '혼자서 어떻게 멀리까지 가지?' 하는 온갖 생각이 든다. 이 글을 쓰면서 엄마한테 효도해야겠다는 생각이 들었다.

엄마에게 고마운 것들을 적어 보겠다.

1. 합기도 도복을 놓고 갔을 때 다시 집으로 가서 가져다줌.
2. 매일(아빠 없을 때) 저녁을 차려줌.
3. 책에서 나온 좋은 이야기들을 해 줌.
4. 핸드폰을 어렸을 때부터 사주지 않음.
5. 어렸을 때 책을 많이 사줌.
6. 잠자기 전, 책을 읽어줌.
7. 내 돈을 내가 관리하게 맡겨줌.

엄마는 나에게 자유와 사랑을 많이 주었다. 하지만 나는 자유를 함부로 사용했다. 결국 엄마가 잔소리를 많이 했다. 그래서 얼마 전에 깨달은 게 있다. 옳은지 옳지 않은지 판단하고 행동해야겠다고.

2.

미안함과 고마움

김희진

나는 더 이상 '미안한 엄마'가 되지 않기로 했다.

미안한 마음이 들면 내가 한없이 작아진다. 잘해 주지 못하는 것 같아서. 미안한 마음을 갖지 않으려 노력한다. 내가 미안해하면 아이도 자존감을 잃기 때문이다.

아이에게 크게 미안했던 사건이 두 개 있다.

하나는 낮잠 자기 싫어하는 윤이를 억지로 재우려 했던 일이다. 네 살 윤이. 어린이집 여름방학 기간이었다. 집에서 재우면 자지 않을 거 같아 밖으로 나갔다. 동네 한 바퀴, 두 바퀴를 돌아도 윤이 눈은 말똥말똥했다. 반면 내 눈은 빙글빙글 돌았다. 나는 화가 났고, 윤이는 울어댔다. 지나가던 아주머니가 유모차에서 애 떨어진다며 핀잔을 줄 정도였다. '흥, 자기가 애 봐줄 것도 아니면서.' 아랑곳하지 않고 유모차를 기분대로 밀었다. 삼십 분 지났을까. 나도 지쳤다. 더워서 죽겠다 싶을 때, 메가 커피로 향했다. 시원한 커피 한 모금 마시니 그제야 제정신으로 돌아왔다. 그날 이후 미친 사람처럼 돌아다니지는 않았다.

다른 하나는 식사 시간에 있었던 일이다. 지금이야 비빔밥, 카레밥 가리는 게 별로 없지만, 예전 윤이는 그렇지 않았다. 섞인 건 먹지 않았다. 늘 밥 따로 반찬 따로 먹었다. 한창 안 먹던 시기. 하루는 소고기와 채소가 들어간 주먹밥을 해줬다. 잘하지 못하는 실력이지만 나름 애썼다. 내 마음도 모른 채 윤이는 입에 대지도 않았다. 이런 날들이 이어졌다. 결국 폭발했다. 눈물 콧물 범벅이 된 윤이. 그 모습을 보고 두 손 두 발을 들었다. 억지로 먹이는 건 절대 하지 말아야 했다. 요즘은 먹기 싫은 음식, 맛은 본다. 그러다 입에 맞으면 맛있게 먹는다. 이제는 나보다 가리는 음식이 없다. 족발이며 생선회, 생굴도 잘 먹는다.

낮잠이든 밥이든, 나는 내 기준으로 윤이를 움직이려 했다. 그때마다 돌아온 건 윤이의 눈물과 내 죄책감이었다.

아이에게 미안한 마음을 품으면 끝이 없다. 더 좋은 거 못 해줘서, 여기서 시작하면 그날은 '우울 모드'가 된다. 예쁜 옷, 먹고 싶어 하는 거, 가고 싶어 하는 곳, 갖고 싶은 거. 윤이가 원하는 거 해 주지 못하는 엄마. 생각이 여기에 머물면 자존감이 바닥을 친다. 나도 어릴 때 하고 싶은 거 못해서 아쉬웠던 적이 있긴 하다. 그렇다고 해서 지금 부모님을 원망하지는 않는다. 결핍이 성장하는 데 도움이 되기도 한다는 걸 알기 때문이다. 결핍을 경험하게 할 때마다 미안한 마음을 갖기보다는 아이에게 원하는 대로 살 수 없다는 이야기를 한 번 더 들려준다. 지금은 아쉽겠지만 시간이 지나면 감사하게 생각할 거라 믿는다. 나는 미안함 대신 신념에 따라 양육하기로 했다. 내 자존감도 윤이의 자존감도 같이 지킬 수 있기 때문이다.

윤이는 아직 휴대 전화가 없다. 비싸서, 돈이 없어서 사주지 못한 게 아니다. 남들 다 있다고 사주기에는 내 신념과 맞지 않다고 생각했다. 주위에서 물어본다. 언제 사줄 거냐고. 시기도 중요하지만, 신념이 중요하다. 많은 아이가 가지고 있다고 사줄 필요는 없다. 무슨 일이 생기면 어쩌려고 사주지 않느냐. 그러다가 아이 왕따 당한다. 친구들과 연락은 어떻게 하냐. 학교에서 연락이 오는 것도 못 받을 텐데. 아이랑 연락 안되면 불안하지 않냐. 주변 사람들 이야기를 들어보면 당장 사줘야 할 이유뿐이다. 그때마다 '그러게요.'라고 말하며 그냥 웃는다.

나도 흔들리던 시기가 있었다. 윤이를 낳고 처음으로 일하게 되었을 때다. 당시 윤이는 2학년이었다. 윤이 다니는 초등학교 병설 유치원에서 보조 선생님으로 일하게 되었다. "엄마, 나 두고 다른 아이들 보러 가는 거야?" 묻는 윤이 눈에 눈물이 그렁그렁했다. 윤이도 학원을 가니까 혼자 있는 시간은 한 시간도 채 되지 않았다. 문제는 방학. 유치원과 초

148

등학교 방학 기간이 전혀 달랐다. 윤이는 방과후 수업으로 컴퓨터 교실을 다녔다. 방학 동안 혼자 점심 먹고 열두 시 반쯤 집에서 나와야 늦지 않는다. 손목시계를 늘 차고 다녀서 괜찮긴 했다. 그러면서도 걱정되었다. 휴대 전화가 과연 답일까? 이 정도는 윤이가 혼자 알아서 할 수 있겠다는 생각이 들었다. 사용하지 않던 인터넷 전화, 윤이 전용 전화기가 되었다. 문자도 주고받을 수 있다. 필요한 기능은 갖췄다. 윤이가 나가야 할 시간에 내가 전화하면 된다. 학교 갈 시간만 잘 지키면 문제없었다. 나갈 시간에 맞춰 전화를 걸었다. 그런데 하루는 몇 번을 걸어도 받지 않았다. 벌써 나갔을까 싶었다. 정해둔 시간보다 오 분 일찍 집을 나섰던 모양이다. 나날이 익숙해졌다. 윤이는 스스로 할 수 있는 능력 마음껏 발휘했다.

휴대 전화 없이 4학년이 되었다. 반 친구 중에 휴대 전화 없는 아이는 윤이를 포함해 두 명. 가끔 윤이가 물어본다. 엄마 나 언제 휴대 전화 사 줄 거야? 그때마다 나의 대답은 똑같다. 대학교 갈 때. 애플로 주렁주렁 걸고 다니게 해 줄게. 기대해.

나도 윤이에게 물어보는 말이 있다. 엄마처럼 아이 키우는 거 어떠냐고. 윤이는 좋다고 한다. 책도 많이 읽어주고, 단 음식 많이 안 먹이고, 휴대 전화도 보여주지 않았던 점. 싫었던 게 아니라 오히려 감사하다고 했다. 그래서 자신이 잘 큰 거 같다고. 윤이 대답에 나도 윤이에게 잘 자라줘서 고맙다는 말을 전했다.

처음부터 계획했던 일은 하나도 없다. 나보다는 더 나은 사람으로 키우고 싶어 책을 찾았다. 육아서를 팠다. 정답은 없었다. 매번 다른 문제가 생겼다. 우리에게 맞는 방법을 찾아갔다. 내 소신대로 산다는 게 무기가 되었다.

나는 더 이상 '미안한 엄마'가 되지 않기로 했다. 죄책감 대신, 내가 선택한 방식에 책임을 지는 엄마. 남들처럼 하지 않아도 괜찮다고. 우리에게 맞는 길이라면 충분하다고 믿는다. 윤이는 내 소신 속에서 자랐다. 우리는 단단해졌다. 미안함을 품기보다는 믿음과 존중으로 나아가려 한다. 완벽하지 않아도 괜찮다. 중요한 건 해내는 척이 아니라, 내가 선택해 온 길이다. 죄책감 대신 책임, 불안 대신 신념을 선택했다. 모든 날이 쌓여 우리를 만들었다. 미안함에 머무르지 않는다. 내가 믿는 방식으로 아이를 키운다. 책임도 기꺼이 감당한다. 윤이는 스스로 자라는 법을 배우고, 나는 믿어주는 법을 배워간다. 오늘도 이렇게 말한다.
"괜찮아. 우리는 충분히 잘하고 있어."

엄마와 나, 두 개의 서정시

3

약속을 배우게 된 게임

김우진

말은 짧았지만, 마음은 깊이 전해졌습니다.

나는 발로란트 게임을 정말 좋아한다. PC게임 중에서는 단연 제일 재미있다.

총을 쏠 때 탕! 하고 울리는 소리는 짜릿하고, 친구들과 팀을 짜서 한 판을 이기면 심장이 쿵 하고 뛰며 온몸이 뜨거워진다. 파란빛이 번쩍이고 총 모양도 아주 멋진 새로 나온 스킨이 등장했다는 소식을 들었다. 나는 스킨 영상을 보자마자 꼭 갖고 싶다는 생각이 들었다.

엄마에게 다가가 말했다. "엄마, 나 현질 좀 해주세요! 이번 스킨 진짜 멋있어요!" 하지만 엄마는 조용히 고개를 저었다. "게임보다 공부가 먼저야."

그 말을 듣는 순간 마음이 확 뜨거워졌다. "싫어! 맨날 공부만 하래!" 나도 모르게 소리치고 말았다. 순간 엄마 표정이 굳어졌고, 방 안 공기가 차갑게 식었다. 나는 방문을 닫고 방으로 들어가 이불을 뒤집어썼다. 처음에는 그냥 화만 났지만, 시간이 조금 지나자 이상하게 마음이 편하지 않았다. 이불 속에서도 엄마 목소리가 머릿속에서 계속 맴돌았다. '엄마는 나를 혼내려고 그런 게 아니라 내가 잘되길 바라는 거잖아.'라는 생각이 들자 가슴이 찌릿해지고, 눈물이 고였다. 참다못해 나는 거실로 나갔다. 엄마는 빨래를 개고 계셨다. 엄마 옆에 서서 작은 목소리로 말했다.

"엄마, 미안해요. 앞으로 공부 열심히 하고 동생 우현이도 잘 돌볼게요." 엄마는 나를 바라보다가 부드러운 웃음을 지었다. "그래, 네가 그렇게 말해줘서 고마워." 나는 장난스럽게 말했다. "내가 청소 좀 도와드릴게요."

엄마는 고개를 끄덕이며 "고마워."라고 말씀하셨다. 청소는 생각보다 훨씬 힘들었다. 빗자루는 잘 움직이지 않았고, 먼지는 계속 날아올랐다. 하지만 신기하게도 엄마와 함께하니 힘든데도 기분이 좋아졌다.

우리가 함께 움직일 때, 마음속에서도 무언가 하나씩 정리되는 느낌이 들었다. 청소를 다 끝냈을 때 엄마가 말했다. "수고했어. 약속 지켰으니까 이번엔 현질 해줄게."

나는 눈을 크게 뜨고 말했다. "정말요?" 달려가 엄마를 꼭 안았다. 마음 안에서 두 감정이 동시에 피어올랐다. 하나는 미안함, 그리고 또 하나는 고마움이었다.

두 감정이 합쳐지자, 엄마와 나 사이에 따뜻한 다리가 놓이는 것 같았다.

유명한 스포츠 선수들도 게임보다 먼저 자기 관리, 학습, 규칙이 중요하다고 말한다. 어떤 선수가 말했는지 기억은 안 나지만 "게임 실력은 단순한 재능이 아니라, 일상에서 자신을 조절하는 힘에서 나온다."라고 말했던 걸 들은 적이 있다. 그 말이 이제 조금 이해된다. 만약 내가 계속 화만 내고 엄마에게 사과하지 않았다면? 스킨을 사는 문제보다 훨씬 큰 관계의 거리가 멀어졌을 것이다. 반대 상황을 생각하니

지금처럼 솔직하게 말한 내가 다행이었다. 이제 안다. 미안하다는 말은 관계를 다시 이어주는 끈이고,

고맙다는 말은 끈을 단단하게 묶어주는 매듭이라는 사실을.

엄마와 다투고 화해하는 과정을 통해, 나는 마음을 전하는 법을 조금씩 배우고 있다.

사랑의 빈틈에서 자란 마음

이석경

사과와 감사 사이에서, 나는 사랑을 다시 배웠습니다.

유치원 사진 속 한복을 입지 못한 아이, "싫어요."라고 말하던 사춘기의 딸, 그때는 몰랐다. 그 말들 속에 '이해받고 싶은 마음'이 숨어 있었다는 사실을. 미안함이 사랑의 끝이 아니라, 새로운 이해의 시작이 된다는 걸 이제 안다. 사랑은 완벽해서 오래 남는 게 아니라, 부족했기 때문에 더 깊이 새겨진다.

딸아이의 유치원 시절 사진을 오랜만에 꺼내 들었다. 단체 사진 속, 다른 아이들은 고운 색동 한복을 입고 있었다. 그런데 내 딸만 평소 옷차림이었다. 순간 가슴이 철렁 내려앉았다. "헉, 왜 우리 아이만 한복이 없었을까?" 그때의 나는 늘 바빴다. 직장과 육아, 두 아이 사이에서 하루하루가 전쟁 같았다.

사진 속 아이의 미소는 여전히 환했지만, 웃음 뒤에 있었을 마음을 이

엄마와 나, 두 개의 서정시

제야 읽는다. 아마도 어린 마음에 서운했을 것이다. "왜 나만 다를까?" 하지만 그때의 아이는 아무 말도 하지 않았다. 지금 와서 생각해 보면 딸의 조용함이 오히려 더 마음을 아프게 한다. "엄마, 괜찮아."라고 말했을지도 모른다. 그 말의 진심을 나는 몰랐다. 괜찮다는 말속에 얼마나 많은 '괜찮지 않음'이 숨어 있었는지. 사진 속 딸은 작고 단정하다. 짧은 머리, 하얀 양말, 그리고 남들보다 약간 움츠린 어깨. 딸의 모습에서 '그날의 서운함'을 본다. 엄마가 미처 챙겨주지 못한 옷보다 '엄마의 관심'을 입고 싶었을 아이의 마음을. 이제는 두 아이의 엄마가 된 딸이 말한다. "엄마, 괜찮아요. 나 그때도 즐거웠어요." 그 말에 울컥한다. 시간은 흘렀지만, 미안함은 여전히 내 안에서 자란다. 엄마가 된 지금, 나는 안다. 사랑은 완벽하지 않아도 된다. 다만 뒤늦게라도 미안할 줄 알고, 그 마음을 기억하는 것이 사랑의 증거다. 사진 한 장 속에 담긴 미안함이, 이제는 나를 더 따뜻한 사람으로 만든다. 부모의 사랑은 언제나 불완전하다. 그러나 불완전함을 인정하고, 미안함을 통해 다시 마음을 잇는 순간, 관계는 더 깊어진다. "늦게라도 마음을 읽어주는 사랑"이야말로 진짜 어른의 사랑이다. 미안함이 사랑이 되는 시간 아침부터 저녁까지 일에 치이며 하루를 버텼다.

간호사로 일하던 그 시절, 퇴근길이면 하늘이 이미 어둠에 잠겨 있었다. 아이 얼굴을 본 지 며칠이 지났는지도 모를 때가 있었다. 그때 나는 늘 바빴다. 출근 전엔 도시락을 싸고, 퇴근 후엔 내일의 빨래를 걱정했다. 그사이 아이는 학교와 학원 사이를 오갔다. 피아노, 웅변, 발레, 미술, 보습, 태권도 매일 다른 가방을 메고, 다른 선생님을 만났다. 하루가 끝나면 지쳐서 그대로 잠이 들었다. 나는 딸의 귓가에 겨우 인사 한마디를 남겼다. "잘 자, 내 딸." 그때는 몰랐다. 서로 얼굴 볼 시간조차 없는 그 생활이 아이에게 외로움으로 남았을지도 모른다는 걸. 나는 '이게 부모의 사랑'이라 믿었고, 딸은 '이게 부모의 삶'이라 배웠다. 믿음과 배움이 얼마나 무거웠을까. 세월이 흘러, 이제 딸이 나처럼 밤늦게 퇴근한다. 문 여는 소리가 들리면 묘한 감정에 잠긴다. "엄마, 다녀왔어요."라는 말속에 옛날의 나를 본다. 그리고 뒤를 따라 들어오는 손주들의 웃음소리에 나는 조금 안도한다. 지금의 아이들은 바쁘지만, 행복해 보인다. 손주들은 스스로 할 일을 챙기고, 늦은 밤에도 책을 펼치며 서로를 배려한다. 그 모습이 그렇게 대견할 수가 없다.

내가 다하지 못했던 사랑을 딸이 그들의 삶 속에서 완성해가는 것 같다. 이제는 안다. '미안함'은 사랑이 되기도 한다는 걸. 그때 다 주지 못했던 마음이 지금 이렇게 감사로 변해 돌아오고 있음을 말이다.

딸에게 미안했고, 이제는 미안함 덕분에 사랑을 배웠다. 사람은 완벽하지 않다. 불완전함을 인정할 줄 아는 사람이 가장 따뜻하다. 오늘도 딸의 퇴근 소리를 기다리며 나는 조용히 속삭인다.

"미안해, 그리고 고마워."시간은 흘러 미안함은 감사로, 후회는 따뜻한 이해로 변해간다. 진짜 사랑은 완벽한 순간이 아니라, 서로의 삶을 이해하는 그때 피어난다.

"완벽하지 않아서, 더 오래 남는 사랑"

발달심리학자 메리 에인 스워스는 부모의 '불완전함'이 오히려 아이에게 독립성과 공감 능력을 높이는 기반이 된다고 말한다. 완벽한 부모보다, 때때로 실수하고 실수를 인정할 줄 아는 부모가 아이에게 정직한 관계의 모델을 제공한다고 설명했다. 즉, 미안함은 관계를 무너뜨리는 감정이 아니라, 성장의 토대가 된다.

미셸 오바마는 어린 시절, 바쁜 어머니가 자신을 충분히 돌보지 못했다고 느낀 적이 많았다고 고백했다.

그러나 성인이 되어 알게 되었다고 한다. "엄마의 불완전함은 엄마의 한계가 아니라, 엄마의 노력이었다." 그녀는 어머니에게 배웠던 불완전한 사랑을 그대로 딸에게 물려주며 말한다. "부족했던 순간들이 나를 더 깊은 사람으로 만들었다." 바로 그 말은 지금의 나에게도 그대로 닿는다.

부모가 완벽하지 못한 건 자연스러운 일이다. 진짜 위험한 것은 실수가 아니라 무감각이다. 바쁘다는 이유로 미안함을 느끼지 않는 부모, 후회를 외면한 채 "원래 다 그렇게 키우는 거야."라고 말해버리는 순간, 관계는 멀어진다. 반면 미안함을 알아차리고, 뒤늦게라도 그 마음을 바라볼 수 있는 사람은 관계를 회복시키는 사람이다. 미안한 마음이 있다는 것은 사랑이 남아 있다는 증거다.

일본의 전통 수리 기법 '킨츠기(금 이음)'에서는 깨진 그릇의 금을 금가루로 채워 다시 이어 붙인다.

깨졌던 자리가 오히려 '가장 아름다운 부분'이 되는 것이다.

부모와 자식의 관계도 그렇다. 금이 갔다고 끝나는 게 아니라, 금을 채우려는 마음이 관계를 더 단단하게 만든다. 내 사랑이 완벽하지 않았던 시간이 오히려 딸과 나 사이를 더 깊게 이어준 금이 되었다.

"완벽함이 사랑을 지키는 것이 아니라, 불완전함을 인정하는 용기가 관계를 깊게 만든다."

엄마와 나, 두 개의 서정시

5.

잘 표현하는 용기

안주원

경상도 남자지만, 잘 표현하고 싶다.

나는 진지한 말을 하는 게 어색하다. 특히 가족에게는 더 그렇다. 편지를 쓰려고 해도 얼굴이 빨개질 정도다. 그래서 지금처럼 진지한 주제로 글을 쓰는 일은 적잖이 부담스러웠다. 진지한 말을 하려고 하면 나도 모르게 오글거리고 웃음이 나온다. 고마워도 표현하지 못하고, 미안해도 미안하다고 말하는 데 용기가 필요하다. 이건 분명 내 단점이다.

그래도 나름대로 마음을 전하기 위해 노력은 한다. 말로 전하기는 부끄러우니까 행동으로 보여주는 것이다. 말로 전하면 내 마음을 바로 상대방이 알게 하는 장점이 있지만, 행동으로 전하는 것에도 그만의 힘이 있다고 생각한다. 바로 알아차리기는 어렵더라도 꾸준히 행동으로 표현하면 언젠가 상대도 진심을 알아차릴 수 있을 거라고 믿는다.

나는 특히 미안하다고 말할 때가 더 어렵다. 미안하다는 말은 대부분 내가 잘못했을 때 해야 하는 말이라서 그렇다. 주눅 들어 있을 때는 더 말이 나오지 않는다. 고맙다거나 사랑한다고 말할 때는 상대가 기뻐할 확률이 높지만, 미안하다고 말했을 때는 받아주지 않을 수 있다는 불안함도 있다. 미안하다고 말하지 않는다고 해서 내가 잘못을 반성하지 않는 건 아니다. 미안함을 표현하지 않으면 상대는 이런 내 마음을 모를 테니까 앞으로는 미안하다는 말도 용기 내어 자주 연습해야겠다.

말로 표현하는 것보다 행동으로 묵묵히 마음을 전하다 보면, 어느 순간 상대가 그 마음을 알아차리는 시기가 올 것이다. 특히 가족처럼 가까운 사람들은 말이 없어도 행동을 통해 서로의 마음을 느낄 수 있을 것이다. 언어는 마음을 잇는 도구이고, 직접 말로 전하는 것이 가장 확실한 방법이라는 점도 잘 안다. 그래서 용기 내어 말하는 연습을 하고 그게 힘들 땐 행동을 통해 적극적으로 내 마음을 표현하기 위해 노력해야 한다고 다짐한다.

아주 자주는 아니지만 그래도 부모님이 안 계실 때는 동생을 잘 챙겨주는 편이다. 무거운 것도 들어주고 동생 밥도 챙겨준다. 그런데 동생이 고맙다는 말을 안 하면 괜히 서운할 때가 있다. 당연하다는 듯이 도움받을 때는 밉기까지 하다. 동생이 고맙다고 말하지 않으면 내 도움을 전혀 고마워하지 않는다고 느껴질 때도 있다. 말하지 않으면 마음이 잘 전달

되지 않는다. 행동만으로는 바로 알아채기 어렵고 그러다 보면 섭섭해지거나 화가 나서 다음엔 절대로 안 도와줘야겠다는 심술이 날 때도 있다.

우리 가족은 경상도 사람들이라서 원래 속마음을 말로 잘 표현하지 않는 편이다. 엄마도 하고 싶은 말이 있으면 글로 써서 카톡으로 보내거나 SNS에 올리는 방식으로 속마음을 표현한다. 친구들도 경상도 스타일이라 미안하다, 고맙다 같은 말을 자주 하는 편은 아니다. 그래서인지 나도 그런 말을 하는 데 익숙하지 않다.

지금은 표현하는 데 익숙하지 않지만 앞으로 표현을 잘하는 사람이 되고 싶다. 살아가다 보면 누구에게나 마음의 빚을 지게 되는 순간이 생기기 마련이다. 그럴 때 고마움과 미안함을 잘 표현할 수 있는 사람이 지혜로운 사람이라고 믿고 있다. 사람은 언제까지나 살아 있을 수 없고, 마음을 전할 기회도 언제든 사라질 수 있다. "조금만 더 표현할걸, 좀 더 빨리 말할걸." 하고 후회하는 순간이 오기 전에 마음을 아낌없이 표현하는 사람이 되어야겠다. 지금 느끼는 고마움, 미안함, 사랑, 관심을 나만의 방식으로라도 표현하고 싶다. 가족에게 먼저 표현해야겠다. 세상에서 가장 사랑하는 우리 가족에게 진심을 전하는 말을 잘 사용하는 사람이 되고 싶다.

수줍게 전하는 속마음

안주하

늘 사랑받던 나, 이제는 고마움을 자주 표현해야겠다.

가족과 함께 살아가면서 고마운 일도 많고, 때로는 미안한 일도 많다. 매일 같은 공간에서 지내다 보니 익숙해져서 가족들을 함부로 대할 때가 많다. 사실은 나를 위해 애써주었다는 걸 요즘 들어 조금씩 깨닫고 있다.

먼저 엄마 이야기부터 해 보려고 한다. 엄마는 매일 아침 출근 준비로 바쁠 텐데도 항상 오빠와 나에게 짧은 편지나 응원 글을 남겨 주신다. "오늘도 잘할 수 있어!", "어제도 정말 수고했어." 같은 따뜻한 말을 써 주신다. 학교 갈 준비에 바쁘거나 이미 등굣길 버스에 타 있는 시간이라, 그 글을 제대로 읽지 못할 때가 많다. 심지어 길게 써주신 날은 앞부분만 보고 넘긴 적도 많다.

엄마와 나, 두 개의 서정시

어느 날은 내가 힘들어 보였는지, 엄마가 특별히 더 긴 글을 써 주셨다. "요즘 피곤해 보이는데 많이 힘들지? 그래도 너는 잘하고 있어." 그런데 그날도 나는 급하게 읽다가 그냥 학교로 가버렸다. 저녁에 집에 와서야 그 글을 다시 보게 되었고, 엄마가 하루를 시작하기 전에 나를 생각하며 펜으로 손 편지를 적어 내려갔을 모습을 떠올리니 미안해졌다. 엄마는 내가 편지를 읽었는지 물어보지도 않으신다. 나를 생각하며 편지를 썼다는 걸 생각하면 마음이 따뜻해진다. 그래서 앞으로는 꼭 시간 내서 천천히 읽고, 가끔은 답장도 남겨드리고 싶다.

아빠에게도 감사한 일이 많다. 아빠는 내가 영재원 가는 날이면 항상 직접 운전해서 데려다주시고, 끝날 시간이 되면 바쁘셔도 꼭 맞춰서 데리러 오신다. 차 안에서 간단히 먹으라고 간식 봉투를 준비해 주실 때도 많다. 어느 날은 내가 감기 기운이 있어서, 수업이 끝나자마자 약국에서 약을 사 오셨다. 집에 돌아와서는 따뜻한 물을 가져다주며 "오늘은 일찍 자라."고 말해 주고 밤새 물수건으로 나를 간호해 주셨다. 또 비가 올 것 같은 날이면 먼저 일기예보를 확인해서 "우산 챙겨!" 하고 메시지를 보내주신다.

마트에 함께 갈 때면 "요즘 뭐 좋아해? 먹고 싶은 거 골라." 하며 나를 먼저 챙겨준다. 아빠가 없었다면 이렇게 든든하고 편안하게 살 수 있었을까 싶다. 나는 말로 다 표현하지 못했지만, 마음속에는 항상 고맙다는 생각이 가득하다.

　오빠에게도 고마운 일들이 많다. 수학여행 전날 보조배터리가 필요하다고 말했더니, 오빠는 아무렇지 않게 "내 거 가져가도 돼." 하고 빌려주었다. 심지어 충전을 꽉 채워서 내 책상 위에 올려두었다. 어릴 때도 부모님이 늦게 돌아오시는 날이면 나와 보드게임을 해 주거나, 내가 배고프다고 하면 간단한 라면이나 토스트를 만들어 주었다.
　최근에는 본인이 요리에 관심이 생겼다며 새로 배운 레시피로 감자전이나 파스타를 만들어 "먹어 볼래?" 하고 가져다주기도 한다. 그럴 때마다 오빠가 있어서 든든하다는 생각이 든다. 가끔은 장난도 치고 싸우기도 하지만, 결국 나를 누구보다 잘 챙겨주는 사람이라는 걸 알고 있다.

　가족이 없었다면 나는 아마 외로웠을 것이다. 지금처럼 편하고 따뜻하게 지낼 수 없었을 것이다. 당연하게 생각했던 일들이 사실은 엄마, 아빠, 오빠가 나에게 준 큰 사랑이었다는 걸 이제 조금 알 것 같다. 앞으로는 받은 사랑을 잊지 않고, 작은 일이라도 고마움을 자주 표현해야겠다.

엄마와 나, 두 개의 서정시

7.

아낌없이 들려줄 두 단어

강혜진

늦게 배운 만큼 더 자주 표현하고 싶은 말. "고마워.", "미안해."

직장인 21년 차, 워킹맘 16년 차. 주어진 일은 끝까지 해내야 마음이 편했다. 사적인 일로 공적인 일에 구멍을 내는 건 용납할 수 없는 모난 성격. 15년 동안 두 아이를 길러오면서 단 하루도 육아 시간을 쓴 적 없던 나였다. 아이가 갑자기 아파도 혼자 병원에 다녀오라며 신용카드를 주고 출근했고, 학부모 공개수업이 있는 날에도 잠시 외출해 아이 수업을 보고 다시 학교로 복귀했다.

아이들은 맡은 일을 성실히 해내는 부모의 뒷모습을 보고 자란다고 나를 정당화했지만, 마음 한편에는 미안함이 없었던 건 아니다. 일과 가정, 두 가지 역할을 모두 잘 해내고 싶었지만 결국은 일 쪽으로 기울어버리는 나를 보며 아이들에게 미안했던 순간이 수도 없이 지나갔다. 물론, 미안한 마음을 입 밖으로 표현해 본 적은 없었다.

정성껏 끼니를 챙겨주는 엄마도 아니었다. 냉장고 속 반찬을 대충 데워 식탁에 올리고, "맛있게 먹어." 하고 말한 뒤 업무용 노트북을 펼치고 일할 때가 많았다. 감기에 걸려 기침하는 아이에게 약을 꺼내주고 방으로 돌아가 집필할 원고의 목차부터 확인했다.

아이들이 현관문을 열고 "엄마, 나 왔어!" 하고 외치면 무심히 "그래, 왔어?" 하고 대답했다. 아이들이 반가웠지만 그걸 표현하기에는 너무 짧고 가벼운 말이었음을 인정한다. 칭찬할 만한 일이 있어도 그저 "잘했네." 한 마디. 멀찍이서 바라보기만 하는 엄마의 마음이 아이들에게 전해지지 않는 것이 당연했는지도 모른다.

그렇게 살아왔다. 그저 곁에 있어 주는 걸 사랑이라고 믿으며. 다정한 말로 표현하기보다, 필요한 것이 있는지 살피고, 원하는 것이 무엇인지 챙기는 것이 사랑의 전부라고 생각했다. 다정하지 못한 내 성격과 서툰 표현을 고치려 해 봐도 쉽지 않았다. 타고난 성격 때문인지, 그런 사랑을 받아보지 못해 익숙하지 않아서인지 알 수 없었다. 잘해보려 해도 어색하고, 낯부끄러웠다. 표현하지 않고 간직하고만 있는 마음은 전달되지 않는다는 걸 그때는 몰랐다.

다행인 건 이런 엄마였음에도 아이들이 잘 자라주었다는 거다. 두 아이는 배려심이 넘쳤다. 내 얼굴에서 피곤한 기색을 읽으면 방해되지 않게 둘이 얌전히 시간을 보냈다. 공부도, 친구 관계도, 생활 태도도 늘 모

엄마와 나, 두 개의 서정시

범적이었다. 주말에 컴퓨터 앞에 앉아 일을 처리하느라 바쁠 때도 아이들은 스스로 장난감을 꺼내 놀고 그림을 그리고 책을 보며 시간을 보냈다. 그 모습을 보고 안심했다. 내가 굳이 나서지 않아도 잘 자라는 아이들을 보며 그땐 그냥 그렇게 키워도 되는 줄 알았다.

하루는 아이의 학원 선생님으로부터 아이들이 정서적으로 안정돼 보인다며 아이를 어떻게 기르는 어머니일지 궁금하다는 이야기도 들었다. 대답할 말이 없었다. 아이들이 알아서 잘 큰 것일 뿐, 거기에 내 지분은 얼마 안 되는 것 같았다. 잘 자란 아이들 덕분에 나까지 칭찬받아 기쁘면서도 내세울 것이 없는 엄마 같아서 나를 반성하게 되었다.

주원이와 주하가 내 아들, 딸로 태어나줘서, 건강하게 자라줘서, 자신의 자리에서 최선을 다해 주어서 고맙다는 걸 자주 잊고 지낸다. 그러다가 아이들 잘 길렀단 칭찬이 나에게 돌아올 때, 그때야 고마운 마음을 깨닫는다. 엄마가 힘들 때 말없이 따뜻하게 안아 주는 아이들, 불만이 생길 법한 상황에서도 예의 바르게 행동하며 엄마 마음을 헤아려주는 아이들, 그 모든 것이 분에 넘치게 고맙다.

아이들만큼 고마운 사람이 있다. 바로 남편이다. 며칠 전 인터넷에서 본 문장이 기억에 남는다. "아이가 건강한 어른으로 자라려면, 정서적으로 안정된 아빠와 자기 삶에 만족하는 엄마가 전제되어야 한다." 폭력적인 아빠의 언행은 아이에게 생명의 위협을 줄 정도로 강렬한 상처를 남긴다고 한다. 엄마의 불안한 감정이나 날카로운 말도 아이들의 정서적 안정에 악영향을 미치긴 하지만 아빠의 그것만큼은 아니라고 했다.

아이들이 어릴 적, 일도 육아도 제대로 되지 않아 짜증 내고 한숨 쉬며 지내던 내 모습이 떠올라 뜨끔했다. 그 시절을 지워버리고 싶었는데, 그래도 내가 아빠가 아니라 다행이라는 안도감이 스쳤다. 남편이 나보다 훨씬 따뜻하고 자상한 아빠라서, 지금의 아이들이 이렇게 밝게 자라준 것이겠구나 생각하니 남편에게 고맙다.

남편은 차분하게 아이들을 타이르고, 다정하고 살뜰히 챙긴다. 감정적으로 아이들을 혼낸 적이 없다. 반면 나는 감정 기복이 심했고, 피곤하면 쉽게 짜증을 냈다. 그런 나를 집에서 편안하게 쉴 수 있게 해 주고, 집안의 균형을 잡아준 장본인이 남편이었다. 남편의 따뜻하고 자상한 성품이 우리 아이들을 지금의 아이들로 자라게 했으니, 아이들이 정서적으로 안정된 건 내가 아니라 남편 덕분이다. 게다가 엄마인 내가 내 삶에 만족하며 살 수 있게 지켜봐 주는 남편이니 그것도 아이가 잘 자라는 데 한몫했음이 분명하다.

매일 감정을 일기로 기록하면서 나도 조금씩 변하고 있다. 일에만 매달리지 않고 나를 위한 시간, 아이들과 함께 보내는 시간을 갖는다. 그림을 배우고, 책을 읽고, 가족과 함께 운동한다. 일에 빠져 허우적대던 시간이 줄면서 일을 완벽히 처리하려고 애쓰던 강박이 서서히 줄었다.

엄마와 나, 두 개의 서정시

가족과 함께 시간을 보내는 만큼 웃을 일이 많아졌고 다정하게 대화하는 시간이 늘었다. 자주 두 팔 벌려 아이를 안아 주고 남편을 안아 준다.

"잘 잤어?", "힘든 건 없어?", "아이구 학교 다녀오느라 고생했네."

아이에게 사랑을 전하는 한마디를 하기까지 오랜 시간이 걸렸다. 여전히 서툴지만, 무뚝뚝한 경상도 집안의 장녀인 나는 매일 다정한 말을 건네려 큰 용기를 낸다.

고마워, 미안해.

세상에서 가장 용기가 필요한 말은 이 두 단어라는 말을 어느 책에서 읽었다. 용기가 부족해서였을까. 낯간지러워서였을까. 평생 해보지 않았던 이 이 두 단어를 입 밖으로 내뱉기 어려워 머금고 삼켜버린 날이 많았다. 요즘은 의식적으로 자주 말하려 노력한다. 이 세상에서 가장 용기 있는 사람은, 고마울 때 고맙다고, 미안할 때 미안하다고 말할 수 있는 사람이라는 걸 아이들에게도 자주 말해준다. 가까운 사이일수록 더 건네기 어려웠던 그 말을 세상에서 가장 가까운 남편과 아이들에게 용기를 내어 전하려 노력한다.

고마워, 미안해. 서툴지만, 진심으로, 아낌없이 전할 수 있는 사람이 되려 한다.

8

엄마, 아빠에게 드리는 선물

한지유

'감사'야 말로 부모님에게 드리는 최고의 선물이다.

　중학교 3학년 졸업을 앞두고 있다. 예비 고등학생이기도 하다. 부모님이 내게 고등학교 입학 기념 선물을 사준다고 한다면 아마도 고민 끝에 '가장 비싼 것'을 고르기보다 '가장 필요했던 것'을 고를 것이다. 하지만 '내가 부모님께 드릴 수 있는 선물은 무엇일까?'라는 질문을 던졌을 때, 머릿속에 떠오르는 것은 어떤 물건도 아니었다. 부모님께 필요한 것은 물질적인 것이 아니란 걸 안다. 예비 고등학생인 내가 지금 당장 드릴 수 있는 '효도'가 무엇인지 깊이 고민했다.

　나는 종종 내 성적이나 외출 문제로 부모님께 잔소리를 듣고 짜증을 냈다. 하지만 잔소리의 속마음에는 부모님의 깊은 불안과 책임감이 숨어 있다. 내가 시험 때문에 예민한 것처럼, 부모님 역시 직장이나 삶의 무게 때문에 이미 지쳐 돌아오셨을 수 있다. 이제 내가 스스로 해야 할 일인 공부, 생활 습관 등을 찾아서 부모님의 걱정을 줄이는 것. 나 때문에 한숨 쉬는 횟수를 줄이는 것이, 미안함을 덜어드리는 현실적인 선물이자 내가 할 수 있는 효도라고 생각한다.

사춘기가 되면서 내 방 문은 더 자주 닫혔다. "싫어.", "안 할래 귀찮아", "나중에 할게."라는 말이 늘었다. 부모님의 얼굴에 드리운 근심을 볼 때마다 마음 한구석이 찔리는 순간들이 있다. 밤늦게까지 스마트폰을 붙잡고 있는 내 모습을 보며 엄마가 걱정 섞인 한숨을 쉬고 잔소리해도, 아빠의 중요한 이야기를 건성으로 들으며 고개를 끄덕일 때가 많았다. 중학생이 된 후, 나의 시간은 스마트폰과 친구들에게 묶여 있다. 부모님이 말을 걸어오셔도 스마트폰에서 눈을 떼지 않고 건성으로 대답하는 것이 익숙해졌다. 부모님에게 미안하고 죄송한 마음 들었다. 엄마, 아빠가 말을 걸어 올 때 잠시 스마트폰을 내려놓고 눈을 마주치려 노력한다. 부모님과의 식사 시간, 단 30분의 대화라도 온전히 집중하여 귀기울여 듣는 것. 이 작은 노력이 바로 낭비했던 시간을 돌려드리는 값진 선물이 되지 않을까. 하지만 단순히 걱정을 덜어주는 것만으로는 부족하다.

부모님의 희생에 대한 고마움을 표현하는 두 번째 선물은 현재에 최선을 다하는 모습이다. 부모님은 나를 키우기 위해 당신들의 젊음과 꿈, 그리고 수많은 시간을 투자하셨다. 이 투자가 헛되지 않았음을 보여주는 것은 '좋은 대학'이라는 미래의 결과물이 아니다. 바로 오늘 내 자리에서 최선을 다해 공부하고, 스스로 할 일을 찾아내며, 건강한 생각을 키워나가는 모습을 보여드리는 것이다. 싫은 소리 없이 스스로 책상에 앉아 노력하는 모습을 부모님에게 보여드릴 때, 우리 딸이 언제 저렇게 컸나. 대견해 하실 것이다. 그 어떤 명품 백이나 값비싼 여행보다 더 큰 만족감과 기쁨을 느끼실 것이다.

지금 내가 부모님에게 해드릴 수 있는 값진 선물은 '미안'이라는 단어가 아니고, '고마움'의 언어를 행동으로 옮기는 과정이다. 나의 존재가 부모님에게 평온과 자랑이 되도록 현재를 성실하게 살아가는 것, 그리고 가끔은 쑥스러움을 무릅쓰고 "엄마, 아빠, 항상 고맙습니다."라는 말을 진심을 담아 습관처럼 입에 밸 수 있도록 하는 것, 사고 치지 않고, 아프지 않게 건강하게 자라는 것이라고 생각한다. 작은 진심과 현재의 노력이 모여, 부모님께는 세상 그 무엇과도 바꿀 수 없는 가장 크고 따뜻한 선물이 될 것이라고 확신한다. 이제 알게 되었다. '완벽한 자녀'의 결과물이 아니라, 부모님이 나로 인해 '행복한 현재'를 누리시는 것임을. 훗날 나도 부모님처럼 누군가의 희생을 기꺼이 감당할 수 있는 따뜻한 마음을 가진 어른이 되고 싶다. 또한 더 나아가, 내가 세상에 나가서 부모님께 배운 배려와 따뜻함을 실천하여, 다른 사람들에게 "저 친구는 부모님께 참 잘 배웠다."라는 평가를 듣게 해드리는 것이야말로 최고의 고마움의 표현이다.

나의 바른 태도와 책임감 있는 행동 하나하나가 부모님의 가르침이

엄마와 나, 두 개의 서정시

성공적이었음을 증명하는 가장 빛나는 '증거'가 되기 때문이다. 부모님의 깊은 사랑을 마음에 새기고, 나 역시 누군가에게 기꺼이 희생할 줄 아는 사랑을 나누는 사람이 되는 것. 그것이 부모님의 숭고한 사랑에 보답하는 가장 아름다운 효도가 될 것이다. 오늘 밤, 나는 용기를 내어 잠든 부모님의 방문 앞에 작은 메모를 붙여둘 생각이다. '엄마, 아빠, 사랑해요. 제가 두 분의 딸이어서 정말 감사합니다.' 내일 아침 눈을 떴을 때, 두 분의 얼굴이 환하게 미소 지으면 좋겠다.

이 남자 참, 좋다!

김미예

내가 가진 '원석'이 '보석'이 되기까지, 그냥 좋아하는 마음이 전부다.

함께 있을 땐 알지 못했다. 어떻게 해서든 헐뜯지 못해 안달이었다. 뭐든 마음에 드는 구석이 없었고, 다른 사람과 비교하느라 내가 가진 게 보석인 줄 몰랐다. 버릴 뻔했다. 생채기 내기 바빴다.

술에 잔뜩 취해 들어온 남편이 꼴도 보기 싫었다. 현관 앞에 벗어 놓은 신발을 밟아 버린 적도 있다. 씻지도 않고 드르렁 코를 곤다. 시끄럽고 딱 때리고 싶어 코를 비틀어 버렸다. 남편은 한 번 반응할 뿐 그대로 골아 떨어졌다. 이기지도 못할 술은 왜 마시는 걸까. 이해가 가지 않았고, 한심했다. 좋을 리가 없었다. 꼬투리 잡을 거 없나 눈에 불을 켜고 나쁜 점만 찾았다. 얼굴도 보기 싫었다. 내 발등 내가 찍었다고 후회했다. 남편이 왜 술을 마시는지 관심 없었다. 그저 밉다는 생각밖에는.

코로나19가 전 세계를 덮치고 외출이 어려운 시기. 남편은 결단을 내

엄마와 나, 두 개의 서정시

렸다. 언제가 될지 모르겠지만 잠시 떨어져서 지내야 한다고 말했다. 주말부부. 생각지도 못했었다. 부부가 떨어져 살다니. 아이들도 아직 어리고 떨어져 지낼 이유가 없었는데 말이다. 어리둥절했다. 이유가 뭐냐 따졌다. 남편은 친구가 하는 마트에서 일하기로 결정 했다는 거다. 상의가 아니라 '통보'였다. 무시당한 느낌이었다. 어떻게 자기 혼자 결정할 수 있을까. 괘씸했다. 늘 이런 식의 남편이 마음에 들지 않았다. 이해하려 하지 않았다. 남편이 왜 그런 결정을 했는지 알고 싶지도 않았다. 그저 미운 생각뿐. 오히려 떨어져 살면 이 꼴 저 꼴 보지 않을 테니 그게 나을 수도 있겠다는 생각이 들었다. 한편으론 나 혼자 마음대로 해도 되고 남편의 잔소리를 듣지 않아도 되니 이게 웬 떡인가 횡재라도 한 듯한 기분이었다. 나쁘지 않았다. 생각이 거기에 미치자 남편에게 알겠다고 했다. 표정은 슬프게, 속마음은 하나의 기회로 생각했다.

일주일, 아니 한 달은 내 마음대로 할 수 있어서 좋았다. 일단 남편의 잔소리가 없다. 술 마시고 취해 들어오는 모습을 보지 않아서 좋았다. 한 달 지나면 따박따박 생활비가 입금되었다. 아쉬울 게 없었다. "전생에 나라를 구했나 봐. 부러워 죽겠어." 주말 부부라고 말하면 사람들은 내게 빠뜨리지 않고 말했다. 첨엔 사람들에게서 듣는 이 말도 듣기 좋았다. 팔자 좋다. 내게 봄날이 온 줄 알았다. 문제가 생기기 전까지는 말이다.

현관 전등이 나갔다. 키가 작고 전등을 교체할 줄 모르는 나는 남편이

올 때까지 기다릴 수밖에 없었다. 불편한 사항들이 하나 둘 생기면서 뭔가 허전했다. 남편의 빈자리가 보이기 시작했다. 둘째와 셋째도 아빠 보고 싶다고 보챘다. 그 뒤로 금요일만 기다리는 우리를 보게 되었다. 아빠의 몫이 있구나 생각했다. 남편은 그냥 돈 벌어오는 사람이라 생각했는데 아니었다. 각자 역할이 있었다. 간섭 없으니 그저 좋다고만 생각했다. 얼마나 어리석은가.

"오빠! 잘 있지. 오빠 있을 땐 잘 몰랐는데 떨어져 있으니 자기 빈자리가 굉장히 커 보이더라고요."

"지금 갈까?"

남편은 당장이라도 올라올 태세다. 참으라고 말했다. 다음날 출근할 사람이 어딜 오냐고 말이다. 남편과 통화 끝나고 잠시 멍 때리고 있었다. 자연스럽게 남편 생각했다. 꽤 괜찮은 점도 여럿 있다. 아이들에게 말을 살갑게 잘한다. 나는 화가 먼저 나간다. 남편은 잠시 숨을 고르고, 딸들의 입장에서 생각한 후 말을 한다. 쉿! 그러니까 애들이지. 어른이면 그런 행동을 하겠니. 지들도 경험을 해봐야 배운다며 나를 다독였었다. 잠자기 전 이은대 작가의 『일상과 문장 사이』를 펼쳤다. 「사람 사는 모습」편을 읽고 있었다. 특별할 게 없고 일상에서 누구나 겪을 만한 크고 작은 일들에 사람 사는 모양새를 볼 수 있다. 하루에도 수만 번 마음이 왔다 갔다 한다. 싸우기도 하고 서로 부둥켜안고 울기도 한다. 한참을 읽다가 이젠 자야겠다는 생각하고 있을 때, 현관문 누르는 소리가 들

엄마와 나, 두 개의 서정시

린다. 좀 전에 통화한 남편. 이 밤에 세 시간 거리를 마다하지 않고 운전해서 올라왔다. 입이 쩍 벌어졌다. 아이들은 자고 나도 막 자려던 참이었다. 나도 모르게 현관 앞으로 달려가 남편에게 안겼다. 생각지도 못했다. 남편은 아이들 자는 모습을 잠시 보더니 내게로 왔다. 세 시간 정도 후면 다시 아산으로 내려가야 한다. 잠이 쏟아져 힘들었을 텐데 그 먼 길을 어찌 왔을까. 미안한 생각이 들었다.

'있을 때 잘하자'라는 말이 있다. 함께 있을 때는 모른다. 소중하다는 사실을. 남편은 제대로 쉬지도 못하고 새벽 4시 아산으로 내려가기 위해 시동을 걸었다. 아이들도 보지 못하고 내려간다. 뒷모습을 오래도록 보았다.

"내가 이러다간 언제 어느 때, 어느 길바닥에서 죽을지도 모르겠다."

작년 4월 남편은 평소보다 많이 늦은 시간에 도착했다. 매주 금요일 아이들 보기 위해 올라왔는데 그날따라 늦어져서 아이들 먼저 저녁을 차려줬다. 전화도 받지 않았다. 조금 늦게 끝났나? 올라오는 길인가? 스마트폰만 물끄러미 바라보며 만지작거렸다. 자꾸 전화하면 운전에 방해될까 봐 전화도 하지 못했다. 밤 12시. 온다던 남편은 소식이 없다. 주차장에도 나가 보고 길 어귀에도 나가 보았다. 없다. 무슨 일 있나 걱정이 되었다. 1시 조금 넘어 남편이 도착했다. 졸음 운전하다가 큰일 나겠다 싶어 갓길에 세워놓고 잠깐 잔다는 것이 늦었다고 한다.

서울을 떠나면 살 수 없을 거라고 생각했다. 하던 일도 포기해야 한다. 지금까지 지켜온 내 물량을 회사에서 다른 영업사원들에게 나눠 주게 된다. 일해야 하고 지금까지 일궈온 내 시간과 위치가 아까워 놓지 못하고 있었다. 당장 빚도 갚아야 하는 상황에서 아산으로 가면 여러 가지로 문제가 생기기 때문에 미루고 미뤘다. 아이들도 시골에 가기 싫다고 말했었다. 남편이 조금 고생하면 모두가 편한 것을 굳이 내려갈 필요를 느끼지 못했다. 남편은 지쳐가는 듯했다. 아산으로 이사 가면 어떻겠냐고 말이다. 힘든 내색하지 않던 남편이 하소연하듯 말했다. 이러다가 죽을 수도 있을 거라며. 그도 그럴 것이 새벽에 마트 문을 열고 밤늦게까지 일하다가 쉬지도 못하고 금요일 저녁 올라와서 토요일 반나절 있다가 내려간다. 힘들었을 남편을 생각하지 않았다. 당연하다 여겼다.

옆에 있을 때 몰랐다. 나쁜 점만 보였다. 남과 비교하기 바빴다. 남의 떡이 커 보였다. 더 갖고 싶었다. 충족되지 않아 늘 허전했다. 남편과 떨어져 지내면서 알게 되었다. 남편의 울타리가 편안한 사실을. 혼자였다면 늘 불평불만 속에서 살았을 터다. 풍족하지는 않지만, 남편은 가족을 위해 모든 걸 희생하면서 아이들과 내가 불편하지 않도록 최선의 노력을 보였던 거다. 남편이 혼자 아산 숙소에서 있을 때 얼마나 외로웠을까를 직접 보고 나서야 알게 되었다. 새벽에 나갔다가 밤늦게 들어오니 청소는커녕 뱀이 똬리를 틀 듯 몸만 들어갔다 빠져나오기도 바빴을 테고, 밥도 제대로 챙겨 먹지 못한 흔적에 코끝이 찡했다. 남편 뒤로 가 "고생 많았어, 오빠!"라며 안아주었다. 뜨거운 것이 올라왔다. 이 남자 참 좋다.

제 5 장

'함께',
완성으로 나아가는 우리

'함께'라서
행복했던 적 있나요?

아침 10분 인생 수업, 저녁 한 시간 독서 시간

김선윤

이 시간이 엄마가 죽을 때까지 이어졌으면 좋겠다.

나는 아홉 시에 잔다. 그리고 여섯 시에 일어난다. 일찍 일어나면 학교 가기 전까지 여유롭다. 여덟 시 넘으면 나갈 준비한다. 학교까지는 걸어서 십 분 정도 걸린다. 아침마다 엄마가 학교까지 데려다준다. 걸어가면서 엄마는 이야기를 들려준다. 엄마가 책을 보고 알게 된 것을 나에게도 알려준다. 예를 들면 이런 거다.

"1번, 2번, 3번 방이 세 개 있는데. 들어갈 방을 골라봐. 1번 방에는 닌자, 2번 방에는 한 달 굶주린 사자, 3번 방에는 불이 났어. 하나를 골라 들어가야 하는데 어떤 방을 고를 거야?"

잠깐 생각하고 말했다.

"2번."

"그래? 왜?"

"푸른 사자 와니니에서 봤는데 사자는 사람 고기를 싫어한대."

"오! 맞는 말이네. 그런데 다른 이유 하나 더 있어. 한 달 굶으면 어떨 거 같아? 기운이 없지 않을까."

어떤 사람들은 1번과 3번 방을 고르기도 한다고 했다. 아빠는 1번 닌자가 있는 방을 골랐다.

"닌자는 내가 이길 수도 있잖아."

아빠는 반전이다. 그냥 싸운다고? 나는 이해가 되지 않는다.

아침에 엄마가 들려주는 이야기는 흥미롭다. 실험이나 퀴즈 같은 것이기 때문이다. 엄마가 데려다주는 게 창피하기도 하다. 혼자서 학교 못 가는 기분도 든다. 중학생이 되면 학교가 코앞이라 혼자 갈 게 당연하다. 당분간은 엄마랑 같이 갈 예정이다.

저녁에는 한 시간 정도 책을 본다. 엄마는 영어책, 한글 책 삼십 분씩 읽어준다. 나는 각자 읽고 싶은 책을 읽고 싶은데 엄마는 그렇게 한다. 싫다. 내 마음대로 몇 가지 바꿨으면 좋겠다. 예를 들어보자면 이렇다.

1. 중학교부터 핸드폰 사용

2. 열 시에 자기

3. 보고 싶은 책 보기

4. 일을 결정할 때 가족 회의하기

엄마는 다 마음대로 결정한다. 따지고 싶다. 그렇지만 돌아오는 것은

엄마와 나, 두 개의 서정시

잔소리 아니면 훈계다. 아직 반박할 힘이 없지만 나중에 반박해서 엄마를 이기고 말 거다. (남자아이들이 쓰는 유치한 방법 빼고.)

그래도 이렇게 해서 좋은 점도 있다. 영어 읽기, 듣기, 말하기를 그나마 잘한다. 내가 어렸을 때는 엄마가 그림책을 읽어줬다. 낮잠 잘 때도. 요즘은 퀴즈대회 책만 읽었다. 빨리 퀴즈대회가 끝나면 좋겠다. 아빠도 같이 읽는데 영어책 읽을 때는 들어오지 않는다. 영어 못하면서, 아빠 좋은 것만 듣는다. 엄마가 읽어준 책이 많다. 만약 책을 좋아하는 문학 소년, 소녀라면 다음 책들을 추천한다.

『할머니는 도둑』, 『돌아온 할머니는 도둑』 데이비드 월리엄스 지음

『사자와 마녀와 옷장』 C.S. 루이스 지음

『마녀를 잡아라』, 『우리의 챔피언 대니』 로알드 달 지음

『사운드 오브 뮤직』 마리아 트라프 지음

『모모』 미하엘 엔데 지음

『내 이름은 삐삐롱스타킹』, 『꼬마 백만장자 삐삐』 아스트리드 린드그렌 지음

『호두까기 인형』 에른스트 호프만 지음

『꿀벌 마야의 모험』 발데마르 본젤스 지음

『이상한 나라의 앨리스』, 『거울 나라의 앨리스』 루이스 캐럴 지음

『푸른 사자 와니니』 시리즈 이현 지음 (1권부터 8권까지 읽었는데 9권이 새로 나

왔다.)

『노인과 바다』어니스트 헤밍웨이 지음

『호호 아줌마가 작아지는 비밀』알프 프로이센 지음

『창가의 토토』,『창가의 토토 그 후 이야기』구로야나기 테츠코 지음

『나의 라임 오렌지 나무』J. M. 바스콘셀로스 지음

『달러구트 꿈 백화점』1, 2. 이미예 지음

『오 헨리 단편집』오 헨리 지음

『비밀의 화원』프랜시스 호지슨 버넷 지음

『마당을 나온 암탉』황선미 지음

『13층 나무집』시리즈 앤디 그리피스 지음

엄마가 읽어준 책은 더 많지만, 이 정도만 쓰겠다.

아빠의 베스트는『창가의 토토』, 엄마는『할머니는 도둑』이 재밌다고
했다. 의아한 책이 하나 있다.『나의 라임 오렌지 나무』에 욕이 많이 나
오는데 초등학생을 위한 책이라고 표지에 쓰여 있다. 아, 참 내 최고 책
을 소개하지 않았다. 내가 고른 최고의 책은 내가 읽은 모든 책이다. 다
재미있었다. 집에 있는 책 말고 도서관에서도 자주 빌려본다. 도서 분류
표 기준으로 내가 손대지 않는 책을 꼽아봤다. 총류 000번 대, 철학 100
번 대, 사회과학 300번 대, 언어 700번 대. 반대로 문학 800번 대의 책

　　　　　　　　　　　　　　　　엄마와 나, 두 개의 서정시

들은 매우 좋아한다. 위에 소개한 책들도 문학으로 분류된 것들이다. 엄마는 내가 잘 보지 않는 종류 책을 보고 나는 엄마가 잘 보지 않는 이야기책을 본다. 그래서 서로에게 책에서 본 내용들을 알려준다. 엄마와 나, 공통점도 있다. 읽지 않는 종류가 같다. 있는 그대로 사실을 알려주는 내용은 관심이 없다. 과학, 수학 분야의 책은 특히 보지 않는다. 그래서 편식하지 않고 골고루 보는 노력이 필요할 것 같다.

엄마는 나보다 책 편식이 심하다. 주로 철학, 심리학 책을 본다. 책에서 본 것을 나에게 퀴즈도 내고 좋은 말을 들려준다. 엄마한테 들은 이야기는 인생에 관한 이야기 많다. 나에게 아침 십 분과 저녁 한 시간은 의미 있는 시간이다. 이 시간이 엄마가 죽을 때까지 이어졌으면 좋겠다.

함께라는 의미

김희진

함께 걸어가는 등굣길 십 분, 인생 수업.

함께 가면 멀리 간다는 말이 있다. 여럿이 가다 보면 싸우기도 하겠지만 의지할 누군가가 있다는 사실만으로 든든하다. 초등학교 5학년 보습학원 다닐 때였다. '자연 농원'으로 소풍 갔다. 용인에 있는 '에버랜드' 예전 이름이다. 학원 전체 소풍이라 동생들도 함께 갔다. 아는 친구가 없어 내 동생들과 놀았다. 놀이기구 몇 가지 탔다. 회전목마 같은 시시한 것들이었다. 4학년 이상은 '귀신의 집'에 들어가기로 했다. 당시 나는 5학년이었다. 내 의사와 상관없이 들어가야 했다. 2학년이던 동생들과 떨어졌다. 나도 동생들과 밖에 앉아 있고 싶었다. 싫다고 말하지 못하고 끌려들어 갔다. 누구 손이라도 꼭 잡고 들어가야 마음이 놓일 텐데 아는 사람이 없었다. 깜깜한 동굴. 뭐라도 잡아야겠다며 손을 뻗었다. 손끝에 누군가가 스쳤다. 모르는 여자아이다. 그 아이 옷 끄트머리를 엄지와 검지로 잡았다. 살짝 잡았는데 느껴지는가 보다. 두려움과 짜증 섞인 목소리로 외쳤다. 잡지 말라고. 몇 번을 뿌리쳐도 끝까지 놓지 않았다. 의지할 거라고는 그것뿐이었으니까. 빛이 보일 때쯤 옷자락을 놓아줬다. 밖으로 나가보니 내가 누구를 의지했는지 알 수 없었다. 밖에 앉아 과자 먹고 있던 동생들 표정은 평온했다. 나만 어둠 속에서 전쟁을 치른 것 같았다. 동생들과 함께 '귀신의 집'에 들어갔다면 사이가 좀 더 돈독해지지 않았을까 싶다.

함께라는 의미를 다시 배우는 중이다. 혼자라면 하지 않았을 일 중 하나. 책 읽고 나누기. 윤이와 함께라 지금까지 이어올 수 있었다. 자기 전에는 책을 읽고, 등굣길에는 이런저런 이야기를 나눈다. 이 시간이 영원하지 않다는 사실을 알기에 더욱 값지다. 가끔 윤이는 나에게 큰절한다. 그리고 제자처럼 말하기도 한다.

"어머니, 저에게 가르침을 주셔서 감사합니다."

"사람은 매일 새롭게 태어나요. 어제와는 다른 사람이 되는 거죠."

맞다. 매일 새로운 세상을 살아간다. 내가 눈을 크게 뜨며 물었다. 그런 진리를 어떻게 알았냐고. 어디서 들었는지 어디서 읽었는지 잘 모르겠다고 했다. 그러면서 또 큰절하려고 했다. 등굣길이라 절은 못 하지만 머리를 깊이 숙이며 감사하다고 말했다. 매일 밤 독서로 배울 수 있도록 해줘서 생각도 넓어졌다고.

잠들기 전에 책 읽기를 한 지는 십 년이 되어간다. 임신 중에 가끔 읽어주긴 했지만, 지속되지는 않았다. 윤이가 태어난 후 루틴으로 만들었다. 이제는 일상이 됐다. 갈수록 길어지는 글 읽느라 목이 아팠던 날도 적지 않다. 그만두지 않았던 이유는 읽는 재미를 깨달았기 때문이다.

4학년인 윤이. 학교 혼자 갈 수 있지만, 데려다준다. 함께 걸어가는 등굣길 십 분. 인생 수업을 한다. 공부는 왜 해야 하는지, 다른 사람과 비교하지 않는 게 왜 중요한지, 일기는 왜 써야 하는지 윤이 생각을 말할 수 있게 질문한다. 가끔은 퀴즈도 낸다. 새벽, 책에서 읽은 따끈따끈한 문제. 신이 나서 윤이에게 퀴즈를 냈다. 뇌과학자가 딸과 함께 트래킹을 하며 나눈 이야기가 흥미로웠다. 『다시 아이를 키운다면 뇌과학부터』에서 읽은 내용. 윤이에게 물었다.

"두 사람이 강을 건너야 하는데, 배는 하나. 그런데 배는 한 사람만 탈 수 있어. 둘 다 강을 건널 수 있었는데, 어떻게 건넜을까?"

잘 모르겠다면서 고민하는 윤이. 힌트를 줬다. 강을 건너려는 두 사람이 같이 서 있지는 않다. 학교에 다다랐을 때 맞췄다. 강을 마주 보고 서 있어서 한 사람이 건너면 다른 한 사람이 그 배를 타고 건넌다. 답을 알게 된 윤이 얼굴에 미소가 번졌다. 담임 선생님께 문제를 낼 거라며 힘차게 건널목을 건너 교문으로 들어갔다.

윤이도 책에서 읽은 내용을 들려준다. 학습만화를 통해 지식을 넓혔

엄마와 나, 두 개의 서정시

다. 관심사가 서로 다르다. 요즘 윤이는 음식에 대해 관심이 많다. 감자튀김을 먹기 위해 벨기에에 가고 싶단다. 『오무라이스 잼잼』을 읽고 알게 된 것들이 꽤 많다며. 얼마 후에 있을 퀴즈대회에서도 실력 발휘하기를 바란다.

윤이와 둘이 시작한 잠자기 전 독서. 윤이는 아빠도 끌어들였다. 매일은 아니지만 세 식구가 함께하고 있다. 늦게 귀가해서 듣지 못한 남편은 그다음 이야기를 궁금해하곤 했다.

함께 읽기가 함께 쓰기로 이어졌다. 올 2월부터 가족 칭찬 일기를 쓰고 있다. 며칠 밀리기도 한다. 그런 날은 상상력을 발휘해 채워 넣는다. 쓰기 싫은 날도 있다. 그래도 한 줄 적는다. 적기 위해서 그 사람을 관찰하게 되고, 감사한 일이나 칭찬할 점을 떠올리게 된다. 함께하는 힘, 지금 보기에는 별일 아닌 것처럼 보일지도 모르겠다. 같이 읽고 쓰고 생각을 나눈 시간이 더해지면 어떠한 유산보다도 값진 것이 되리라 믿는다.

오늘은 윤이가 한 말에 잠시 머물렀다.

"인간은 매일 새롭게 태어나."

어제의 실수를 곱씹으며 살지 않아도 된다는 말. 윤이가 툭 던진 문장이 나에게 필요한 말이었다. 하지 말아야 할 행동이 생각나 '이불 킥'한 날. 후회해도 돌이킬 수 없는 사건들. 윤이 말을 들으며 어제의 실수와 이별한다. 교훈으로 삼되, 나를 괴롭히지는 말자. 나의 오늘, 그 누구도 바꿔주지 않는다. '지금 내가 어떻게 생각하고 살아내느냐'에 따라 달라진다. 운명에 끌려가는 삶이 아니라, 새로 짓는 하루. 내 경험과 윤이의 새로움이 만나 우리는 성장한다. 함께라서 더욱 좋은 이유다.

아이를 키우는 것은 나를 키운다는 말과 같다. 아이가 하는 말에 귀를 기울이면 보석을 찾을 수 있다. 반복되는 일상에서 진주를 발견한다. 평범한 하루 속에서도 반짝이는 순간이 보일 테니 놓치지 않기를. 실수와 후회가 쌓인 어제와 헤어지고, 우리는 다시 시작할 수 있다. 그것만으로도 충분하다. 윤이와 나, 오늘도 함께라서 도전한다.

엄마와 나, 두 개의 서정시

3

속초 함께의 뜻

김우진

함께였기에, 힘든 길도 따뜻한 기억이 되었습니다.

2023년 여름, 나는 처음으로 할아버지, 할머니, 동생인 우현이와 강원도 속초로 여행을 갔다. 집에서 출발할 때부터 마음이 풍선처럼 둥둥 떠오르는 것 같았다. 차 안에서는 문어의 꿈 노래를 부르며 깔깔 웃었고, 안성휴게소에 들러 소시지 떡볶이를 먹었다. 노릇노릇 구워진 소시지 사이에 쫀득한 떡이 들어있었고, 한 입 베어 물때마다 매콤달콤한 맛이 입안에 가득 퍼졌다. 할머니는 시원한 냉커피를 드셨고, 나는 노란 알감자와 콜라를 마셨다.

그 순간만큼은 세상에서 가장 즐거운 여행 같았다. 하지만 속초까지 가는 길은 생각보다 훨씬 멀었다. 엄마가 보고 싶은지 동생 우현이는 '엄마 보고 싶어.'라고 말하며 울음을 터뜨렸다. 창밖으로 산과 터널이 끝도 없이 이어졌다. 몇 개의 터널을 지났는지 셀 수도 없었다. 차 안에 오래 앉아 있다 보니 허리가 아프고 지루했다. 점점 속이 울렁거리고 멀미가 나기 시작했다. 나는 창문에 머리를 기대고 조용히 잠들었다. 얼마 후 눈을 떴을 때, 가장 먼저 보인 것은 햇빛에 반짝이는 파란 바다였다. 하늘이랑 닿아 있는 것처럼 넓고 깊었다. 할아버지가 말했다. "이제 거의 다 왔어. 속초야!"

할아버지의 말을 듣는 순간, 멀미로 답답했던 마음이 싹 사라지고 가슴이 두근두근 뛰었다. 도착하자마자 우리는 새우구이와 꽃게, 조개구이를 먹으러 갔다. 불판 위에서는 해산물이 익어갔다. 고소한 냄새가 식당 안에 가득 퍼졌다. 하지만 나는 멀미 때문인지 많이 먹지 못했다. 그래도 가족들이 함께 웃으며 이야기하는 얼굴을 바라보고 있으니, 배는 비어 있어도 마음은 꽉 찬 것 같았다. 돌아오는 길에 나는 창밖 풍경을 보며 조용히 생각했다.

'여행은 그냥 놀러 가는 게 아니라, 서로를 더 잘 알게 되는 시간이구나.'

할아버지는 운전하시느라 계속 긴장하고 계셨고, 할머니는 간식과 물건을 챙기느라 바쁘셨다. 나는 그런 모습을 보면서, '가족이 함께한다는 건 서로를 도와주는 일'이라는 걸 배웠다.

멀미가 나고 지루한 시간도 있었지만, 그 시간을 견딜 수 있었던 건 가족이 바로 옆에 있었기 때문이었다.

힘든 순간조차 함께라서 따뜻해지는 것, 그게 여행이 주는 또 다른 선물이라는 걸 알게 되었다. 나는 이제 안다. "함께"라는 단어에는 참는 마

엄마와 나, 두 개의 서정시

음, 기다려주는 마음, 그리고 사랑하는 마음이 모두 들어있다는 것을. 그리고 어떤 길이든, 가족과 함께 걷는다면 멀어도 행복하다는 것을. 그래서 나는 오늘도 가족에게 조용히 말하고 싶다. "우리, 서로 배우는 중이야."

속초 여행은 내게 '함께 있음의 소중함'을 알려 준 특별한 시간이었다. 같은 차 안에 있고, 같은 바람을 맞고, 같은 음식을 나누며 가족은 서로에게 가장 좋은 선생님이라는 걸 배웠다.

함께 있다는 건 같은 곳에 있는 것이 아니라, 서로의 마음을 배우는 일이라는 걸 느꼈다.

불편함 속에서도 웃을 수 있는 이유

이석경

완벽하진 않았지만, 함께라서 충분했습니다.

여름이 오면 가장 먼저 떠오르는 곳, 첫 번째는 밀양이다. 묵을 방이 없어 송원가든에서 누워 지새웠던 밤. 두 번째는 손주들과 속초로 떠났던 멀미 나는 여행이다. 모든 순간이 내게 조용히 말한다. '함께 시간'은 늘 완벽하지 않지만, 서로의 피곤과 불편을 견디며 웃을 수 있다면, 그게 바로 사랑의 또 다른 얼굴이라고.

첫 번째, 밀양 여행은 고등학생이 된 아이들과 처음 떠났던 가족여행이다. 2010년 여름 마음은 가벼웠다. 15년 전에는 예약이라는 것도 낯설었다. "가서 방 잡자." 남편의 한마디에 바로 짐을 싸 여행을 떠났다. 그게 여행의 방식이었고, 우린 그렇게 떠났다. 차 안에서는 노래가 끊이지 않았다. 아이들 먹고 싶어 하는 간식을 사기 위해 휴게소마다 들렀다. 휴게소에 들를 때마다 아이들은 먹고 싶은 간식 하나를 고르면서 깔깔

엄마와 나, 두 개의 서정시

거리고 웃었다. 도시는 뜨겁게 달아올라 왔고 예약 없이 간 밀양에 있는 펜션들은 모두 만실이었다. 밤이 깊어지면서 몸도 무거워졌다. 물 하나 사러 들어간 구멍가게에서 하룻밤 묵을 방이 없냐고 물었다. 아주머니의 말에 희망을 걸었다. "여기서 조금 가면 가든 있어요. 낮엔 식당, 밤엔 재워도 줘." 그 말을 따라 우리는 송원가든 한쪽 자리를 얻어 짐을 풀었다. 우리 가족보다 먼저 도착한 옆자리의 학생들은 밤새 웃고 떠들었고, 우리는 밤새워 뒤척이느라 눈이 충혈됐지만, 신기하게도 마음은 더 단단히 묶였다. 불편함 속에서도 '함께'라는 사실이 모든 부족함을 덮어주었다. 다음 날 얼음골로 올라가는 길은 시원하고 사람들 웃음으로 가득했다. 튜브를 타고 발을 동동 구르며 물 위를 떠다니는 아이들, 계곡 한 편에 자리 잡고 잘 익은 빨간 사과를 손에 들고 흔들며 맛있다고, 먹어보라던 할머니의 구수한 웃음, 물소리 위로 얹힌 여름 바람. 뜨거운 공기를 식히던 그 순간. 나는 속으로 중얼거렸다. "아, 함께 있다는 게 참 감사한 일이구나." 하룻밤은 정원에서 자고 하루는 텐트가 있는 마루에서 잤다. 잠자리가 불편했던 남편은 "다음엔 캠핑카를 만들어서 와야겠다."라고 말했다.

그저 농담인 줄 알았는데, 그는 진심이었다. 아이들과 더 멀리, 더 오래, 더 편하게 여행하고 싶었던 마음. 세월이 흘러 남편은 며칠 밤을 새워 직접 캠핑카 설계도를 그렸다. 필요한 자재를 사고, 몇 달을 매달려 캠핑카를 완성했다. 벌써 5년 전 이야기다. 아이들은 자랐고 지금 캠핑카는 움직임을 멈춘 채 마당 한쪽에 서 있다. 아이들은 컸고, 각자의 삶으로 바빠졌다.

그러나 마음속에는 여전히 가족의 추억, 서툴지만 진심이었던 노력, 서로를 향한 마음이 고스란히 담겨 있었다. 이제 '함께 가자.'라고 말할 나는 시간이 많아졌고 아이들은 어른이 되어 각자의 길을 걷고 있기에 캠핑카를 타고 손주들과 길을 떠났다. 여섯 살, 다섯 살. 양손에 잡힌 두 개의 작은 손은 세상 어떤 난로보다 따뜻했다. 속초로 향하는 길은 쉽지 않았다. "멀미 나요.", "엄마 보고 싶어." 울고, 토라지고, 잠들었다가 또 울었다. 그러나 바다에 도착하자 작은 얼굴들이 햇살처럼 환하게 펴졌다. 푸른 하늘 아래 물장구를 치며 웃는 손주들. 순간, 모든 피로는 사라지고 '지금 여기'의 기쁨만 남았다. 돌아오는 길은 또 막혔다. 휴게소마다 들러 "조금만 더 가자."를 반복하며 달래고, 안아주고, 기다렸다.

길 위에서 나는 한 가지를 깊이 깨달았다. 여행도, 관계도, 사랑도 누군가에겐 즐거움이지만 누군가에겐 인내일 수도 있다는 사실을 말이다.

함께하는 의미는 '기쁨'이 아니라 '배움'이었다. 누군가는 기다려주고, 누군가는 맞춰주고, 누군가는 끝까지 손을 놓지 않는 일. 그게 가족이고, 진짜 얼굴이었다. 지금 캠핑카는 움직이지 않지만, 그 안에는 가족의 추억과 서툴지만, 진심이었던 노력과 서로를 향한 마음이 여전히 고스란히 남아 있다.

함께 있다는 것은 완벽한 조화를 이루는 것이 아니다. 서로의 속도를 인정하고, 다른 마음을 이해하려는 노력이다. 그래서 우리는 지금도 여전히 배우는 중이다. 함께 의미와 사랑의 온도를, 그리고 삶의 깊이를. 함께한 나란히 걷는다는 뜻이 아니다. 서로의 걸음을 맞추려고 애쓰는 시간, 어설픈 사랑들이 모여 인생을 단단하게 만든다. 여행은 길을 걷는 일이 아니라, 마음을 맞추는 일이다.

"함께 시간은 완벽하지 않아도 자체로 아름답다."

하버드대학교의 사회심리학 연구에서는 사람이 함께 겪은 작은 불편과 고생이 오히려 관계를 더 단단하게 만든다고 설명한다. 결핍이나 피곤, 예상치 못한 상황을 함께 넘기는 경험은 "우리는 서로를 믿을 수 있는 사람"이라는 감정적 신뢰를 강화한다.

밀양 정원에서의 밤이, 늘 기억에 남는 것도 그 때문이다.

할리우드 배우 로빈 윌리엄스는 가족여행에서 겪은 불편한 순간들이 "가장 소중한 추억"이라고 여러 인터뷰에서 말했다. 예상치 못한 고장, 엉뚱한 길, 비로 젖은 텐트 같은 일들. 그는 말했다.

"편한 여행은 사진만 남고, 불편한 여행은 이야기가 남는다."

반대로 모든 것을 완벽하게 준비한 여행은 오히려 기억이 흐릿해지기도 한다. 호텔 환경은 좋지만 서로 대화가 적은 여행, 높은 비용에 맞춰 움직이느라 피로만 남는 일정들도 있다.

여행의 불편함은 음식의 '간'과 같다. 너무 싱거우면 맛이 없고, 적당한 소금기가 있어야 풍미가 살아난다. 불편함은 갈등이 아니라, 관계의 감칠맛을 내는 재료. 그걸 함께 견디며 나누는 순간 "우리가 함께 있어서 괜찮다,"라는 마음이 깊어진다.

"사랑은 완벽한 순간에서 자라지 않고, 불편함을 함께 견디는 순간에 깊어진다."

엄마와 나, 두 개의 서정시

5

배울 점이 있는 사람

안주원

함께 배우고 자라는 사람이 되고 싶다.

모든 사람과 잘 지낼 수는 없다. 서로 맞지 않는 사람이 있는 건 당연하다. 그런 사람과 계속 부딪히기만 한다면 굳이 가까이 지낼 필요는 없다고 생각한다. 어느 정도 거리를 두는 것도 나를 보호하는 방법이다.

아이러니하게도 나와 잘 맞지 않는 사람을 통해서도 배우는 점이 있긴 하다. '아, 저렇게 하면 안 되겠다.' 하고 나를 돌아볼 수도 있기 때문이다. 그리고 보면 세상에 도움이 안 되는 사람은 없다. 결과적으로는 나와 잘 맞지 않는 그 사람도 나에게 도움을 주는 사람이 되는 셈이다. 나는 이런 경험을 통해 모든 사람에게는 배울 점이 하나씩은 있다고 믿게 되었다.

집에서, 학교에서, 지금까지 셀 수 없이 많은 것들을 배웠다. 학교에서는 더하기, 빼기 같은 기본적인 것부터 중심 문장을 찾는 법, 글을 구성하는 법 등을 배웠다. 많은 과목 선생님으로부터 폭넓은 지식을 익혔다. 단체 생활을 하면서 규칙을 지키는 법, 힘들어도 참는 것을 배웠다. 집에서는 주변 사람들과 좋은 관계를 유지하면서 지내는 법을 배웠다. 내가 가진 것에 감사하는 마음도 가족에게 배운 것이다. 긍정적으로 생각하는 연습도 가족과 함께하면서 자연스럽게 익혔다. 교과서에는 나오지 않지만 살아가는 데 정말 중요한 것을 가족에게서 많이 배운다.

만약 진짜 혼자 산속에 떨어져서 살았다면 지금과 완전히 다른 사람이 되었을 것이다. 사냥하는 법을 배웠을 수도 있고, 물을 찾고 집을 짓는 법을 익혔을 수도 있다. 혹은 늑대 무리와 함께 살며 그들 방식대로 움직이는 법을 배웠을지도 모른다.

이렇게 상상해 보니 내가 지금 어떤 생각을 하고 어떤 성격을 갖게 되었는지는 주변 사람들이랑 함께 지내면서 생긴 결과라는 걸 알 수 있다. 만약 주변 사람들이 다 난폭하고 괴팍했다면 나도 그런 영향을 많이 받았을 것이다. 반대로 친절한 사람 옆에서는 나도 조금씩 부드럽고 온화한 성격을 기를 수 있었을 것이다. 무의식중에 보고 들은 것이 내 모습이 되는 건 사실이다. 그리고 지금 내가 나를 멋지다고 여길 수 있는 것도 좋은 부모님과 선생님, 친구들을 만난 덕분이라 생각하니 참 다행이다.

나는 누군가에게 가르치려고 한 적은 별로 없지만, 그냥 함께하는 것만으로도 상대가 나에게서 뭔가를 느끼고 배우는 게 당연할 것이다. 그래서 주변 사람들에게 조금이라도 좋은 모습을 보이려고 노력한다. 더 배울 점이 많은 사람이 되고 싶다. 나 역시 다른 사람들의 행동을 보면서 좋은 점을 배우려 한다. 그래서 좋은 친구를 많이 사귀려고 노력한다. 이건 평생 계속되는 숙제라고 생각한다.

혼자서 잘한다고 생각했던 일을 친구들과 하면 더 잘 되는 경우가 있다. 친구들의 의견을 들으면서 새로운 시각을 배우기도 한다. 가끔 의견이 달라서 싸울 때도 있는데, 그런 경험도 결국 나를 더 배우게 만든다. 싸운 뒤에 왜 싸웠는지 얘기하면서 서로 이해하게 되고, 다음번에는 더 잘하려고 노력하게 된다. 이런 경험들이 쌓여서 내가 조금씩 성장하는 것이다.

가족과도 마찬가지다. 가족끼리 다투기도 하고 갈등도 일어나는데 그런 일이 있고 속마음을 나누는 대화를 하다 보면 서로의 진심을 알게 될 때가 많다. 다음번엔 같은 일이 생기지 않도록 조심하게 되고 배려하게 된다. 가족과 좋은 관계를 유지하기 위해서 갈등 속에서 배운다. 좋은 순간에도 배우고, 힘든 순간에도 배우는 것이다. 그래서 함께 있다는 것이 중요하다.

우리는 매일 누군가와 함께 산다. 집에서는 가족과 시간을 보내고 학교에서는 친구, 선생님과 시간을 보낸다. 함께 하면서 혼자서는 절대로 알 수 없었던 것들을 배우고, 혼자서는 못하던 일들도 해낼 수 있게 된다. 내가 아이디어를 내고, 친구가 그걸 행동으로 옮기고, 또 누군가가 부족한 부분을 채워주면 더 나은 결과물이 나오기도 한다. 그러면서 이전의 나보다 조금씩 자라게 된다.

함께한다는 것이 단순히 같은 공간에 있는 것을 말하는 건 아니다. 함께 감정과 경험을 나누고, 슬프면 위로해 주고, 기쁘면 같이 웃는 것이 진정한 '함께'다.

앞으로도 살면서 누군가와 만나고 함께 시간을 보내고 즐거운 일, 슬픈 일, 힘든 일을 겪게 될 것이다. 그럴 때마다 주변에 있는 사람에게 배울 점이 있는 사람, 주변 사람들에게서 배울 점을 찾는 사람이 되도록 노력해야겠다. '함께'의 힘을 믿는 멋진 사람이 되어야겠다.

엄마와 나, 두 개의 서정시

6.

가족에게 배우며

안주하

가족에게서 배운 것들을 마음에 담아, 좋은 영향을 주는 사람이 되고 싶다.

가족과 함께 생활하면서 내가 배울 점은 정말 많다. 가족들은 모두 각자의 장점을 가지고 있고, 나는 그런 모습을 보며 조금씩 성장하고 있다. 그냥 같이 사는 것 같지만, 서로 영향을 주고받으며 더 나은 사람이 되어가는 것 같다.

먼저 엄마에게서 배울 점은 '성실함'이다. 엄마는 매일 새벽 4시에 일어나신다. 7시에 일어나는 나보다 세 시간이나 빨리 일어나는 셈이다. 강아지를 산책시키고, 밀린 집안일을 하거나 책을 읽고 글도 쓰신다.

지난 일요일 늦잠을 잤다. 자고 일어났는데, 엄마는 벌써 산책까지 마치고 아침 준비도 모두 끝내놓으셨다. 나는 이제 막 일어나 눈을 비비며 주방으로 갔다.

"오늘은 네가 좋아하는 미역국 끓였어."

라고 말하며 웃는 엄마 모습을 보면서 정말 대단하다고 느꼈다.

엄마는 나에게 책을 자주 읽어보라고 권하기도 하고, 스스로 계획을 세우는 방법도 알려준다. 실제로 2024년 엄마의 부탁으로『RHE 부모 교육』이란 책에 삽화를 그렸다. 실제로 출간되었을 때 기분 좋고 뿌듯했다. 다이어리에 하루를 정리해 보라고 했을 때는 귀찮았지만, 막상 따라 하니 마음이 정리되는 느낌이 있었다. 나는 아직 엄마처럼 성실하게 살지는 못하지만, 조금씩 닮아가고 있는 것 같아서 기쁘다.

아빠에게서 배울 점은 '자기관리'이다. 아빠는 운동을 정말 좋아하신다. 요즘은 러닝을 시작하셨는데, 처음에는 조금만 뛰어도 힘들다고 하셨던 아빠가 포기하지 않고 꾸준히 연습했고, 결국 마라톤 풀코스를 완주하셨다. 3시간 40분 기록이 어느 정도인지 잘 모르겠다. 대회 날 아빠가 메달을 목에 걸고 돌아오셨을 때, 나는 정말 놀랐고 동시에 존경스러웠다.

아빠는 테니스도 즐겨 치시는데, 가끔 나에게도 자세를 잡아주면서 직접 알려주신다. 학교에서 배드민턴을 배울 때는 집 근처 놀이터에서 스윙 연습을 같이해 주셔서 점수가 더 잘 나온 적도 있다.

아빠는 2020년, 사고로 쇄골을 크게 다쳐서 수술하셨다. 그런데 퇴원하자마자 다시 운동을 시작하셨다. 어떻게 그렇게 열심히 할 수 있을까 하고 신기하기도 했고, 조금은 따라 해보고 싶다는 생각이 들었다. 그래서 아빠와 함께 8km 마라톤에 참여해 완주했다. 걸어서 완주한 것이긴 하지만 뿌듯했다. 좋아하는 스포츠도 더 즐겁게 할 수 있었다. 아빠를 통해 꾸준함이 힘이라는 걸 배운 것 같다.

마지막으로 오빠에게서 배우는 점은 '침착함'이다. 오빠는 평소에 감정이 크게 흔들리는 일이 잘 없다. 어느 날, 나와 오빠가 둘 다 피곤해서 사소한 일로 말다툼이 있었다. 나는 화가 나서 빨리 말하다가 할 말이 꼬였는데, 오빠는 조용한 목소리로 차근차근 자기 생각을 설명했다. 순간, 나는 더 이상 뭐라고 반박할 말이 없어서 오히려 민망해졌다.

또 어떤 날은 거실에서 유리컵을 떨어뜨려서 깨뜨렸다. 나는 깜짝 놀라 당황했지만, 오빠는 "괜찮아, 다치지 않아서 다행이야." 하면서 빗자루를 가져와 함께 치워주었다. 그때 오빠의 침착한 모습이 참 멋있어 보였다.

오빠는 시험 점수가 예상보다 낮게 나왔을 때도 크게 흔들리지 않는다. "다음엔 더 잘하면 되지 뭐." 하고 말하는데, 어쩜 저렇게 쿨할 수 있는지 대단하다고 느낄 때가 많다. 그래서 나도 언젠가는 오빠처럼 마음을 잘 다스릴 수 있는 사람이 되고 싶다.

이렇게 가족들과 함께 지내다 보니, 엄마에게서 성실함을, 아빠에게서 꾸준함을, 오빠에게서 침착함을 자연스럽게 배우고 있다는 걸 느낀다. 나도 나만의 장점을 찾아서 길러보고 싶다. 그리고 언젠가는 나도 가족들에게 좋은 영향을 줄 수 있는 사람이 되고 싶다. 지금처럼 서로를 돕고 배우며, 함께 성장하는 가족으로 남고 싶다.

남편과 친해지기 프로젝트

강혜진

남편과 함께 빈 공간을 따뜻함으로 가득 채워보려 한다.

재잘재잘 쉴 새 없이 떠들어 대던 아들에게,

"너는 네가 수다쟁이라고 생각한 적 없나?" 하고 묻던 시절이 있었다.

학교에서 종일 학생들 질문에 시달리다 퇴근한 나를 따라다니며 이것저것 궁금한 것을 묻던 아들, 일일이 대답하는 것이 마치 업무의 연장처럼 느껴질 때, 들어주기 귀찮아질 때 자주 하던 질문이었다. 재잘거리던 아들의 이야기가 얼마나 소중한 것이었는지 그때는 알지 못했다.

5학년이 되면서 이마에 여드름이 나고 코 아래 거뭇한 잔털이 돋던 아들은, 사춘기 특유의 까칠함으로 무장하고 묻는 말에 입을 닫았다.

그런 아들을 대신해 딸아이가 학교에서 있었던 시시콜콜한 이야기를 늘어놓기 시작했다. 설거지하면 싱크대 옆에서, 샤워하면 화장실까지 따라와, 휴대폰을 보면 빼앗아 숨기며 "엄마, 나 좀 봐! 응? 내 얘기 좀 들어 주라고!" 요구할 때도 있었다. 자기 반 친구들의 이름까지 대면서 자기 이야기를 쉴 없이 공유했다. 이 아이도 조금 더 자라면 수다를 멈추고 방으로 들어가 버리겠지, 생각하니 설거지가 문제가 아니라는 생각이 들었다. 아이를 마주 보고 고개도 끄덕여주고 대답도 해 주며 수다 타임을 가졌다. 그러다 보니 가장 마음이 잘 통하는 친구가 딸이 아닌가 하는 생각이 드는 요즘이다.

"11월 셋째 주 날씨 얼마나 추워? 숙소에서 수건 줄까? 롯데월드에서 뭘 제일 먼저 타지? 나랑 같은 조는 누가 배정될까? 엄마, 엄마 옷 빌려 입어도 돼?"

고작 1박 2일, 부산으로 가는 수학여행, 딸은 한 달 전부터 설레는 마음을 감추지 못했다. 뭐가 저렇게나 기대될까, 그러다가 저맘땐 다들 저러지 하고 나의 어릴 적이 떠올라 나도 모르게 피식 웃음이 나왔다.

수학여행 당일 아침, 딸은 꼼꼼히 챙긴 여행 가방을 들고 일찌감치 집을 나섰다. 잘 다녀오라고 용돈을 줬더니, 현금 대신 체크카드를 달란다. 친구들과 맛있는 것 많이 사 먹고 재미있게 놀다 오겠다고 신이 난 모습이었다. 카드를 딸의 손에 꼭 쥐여주며 잃어버리지 말고 잘 챙겨 오라고 했다. 단 이틀이지만 떨어져 있을 아이를 생각해 일부러 오래 꼭 안아 주고 출근했다.

엄마와 나, 두 개의 서정시

그날 퇴근 후, 현관문을 열었는데 집안이 썰렁했다. 딸이 수학여행 간걸 까맣게 잊고 있던 나는 늘 그랬던 것처럼 어딘가에 숨어 키득대고 있을 아이를 찾아다녔다. 아무리 찾아도 보이지 않자, 그제야 딸이 수학여행을 갔다는 사실이 떠올랐다. 현관까지 달려와 꼬리치며 반기는 반려견 보리가 없었으면 아마 허전해서 엎드려 울었을지도 모를 일이었다.

한창 재잘대던 첫째의 허전함을 채워 주던 둘째가 집을 비우니, 서른 평 집이 갑자기 텅 빈 우주처럼 느껴졌다. 온몸에 힘이 빠지고 긴 한숨이 새어 나왔다.

부쩍 싸늘한 저녁 공기에 얇은 옷만 챙겨 간 딸이 걱정돼 여러 차례 전화했다. 세 번째 시도 끝에 겨우 통화가 됐다.

"주하야, 안 추워?" 묻는 내 말에 딸은,

"엄마, 뭐라고? 안 들려. 안 들린다고. 나중에 전화할게."

하고 무심하게 전화를 끊어버렸다. 보고 싶다고 말하고 싶었지만, 메시지로 "옷 따뜻하게 입고 다녀." 한 줄 남겼다. 딸은 내 메시지에는 대답도 하지 않고 친구들과 찍은 사진 몇 장만 보내왔다. 기뻐 보이는 아이 얼굴이 반가우면서도 내심 섭섭했다. 곧 딸에게도 사춘기가 닥쳐올 테고 엄마만 찾으며 이것저것 묻고 수다를 떠는 시간이 이제 얼마 남지 않았다는 걸 알고 있기 때문이었다.

늦게까지 학원에서 공부하는 아들과 수학여행 가서 전화도 제대로 받지 않는 딸. 일찍 퇴근한 남편도 아이들이 없으니 썰렁하다고 했다. 늘 재잘대던 아이들이 다 커서 집을 떠나 우리 둘만 남으면 허전해지겠지. 벌써 네 살된 반려견 보리도 언젠가 무지개다리를 건널 테고. 그때쯤이면 남편과 나, 둘이서 덩그러니 남아 집을 채우며 살아야겠다는 생각이 들었다. 그때를 대비해 남편과 둘이 보내는 시간에 익숙해져야겠다고 생각했다.

날씨도 썰렁한데 붕어빵 먹고 싶다는 핑계로 남편과 함께 드라이브하러 나섰다. 단둘이서는 정말 오랜만이었다. 주차 공간이 없어 남편은 나를 붕어빵 트럭 앞에 내려주고, 차를 한 바퀴 돌려 돌아오겠다고 했다. 찬 바람에 붕어빵을 사려고 줄을 선 사람들이 족히 열 명은 됐다. 빵틀을 연신 뒤집는 주인의 바쁜 손놀림도 봉투에 담겨 팔려나가는 붕어빵 속도를 이기지 못했다. 한참 기다려 내 차례가 되자 아주머니께서 몇 마리 살 거냐고 묻는다. 잠시 머뭇거리다가 팥 붕어빵을 잔뜩 달라고 말했다. 남편이 좋아하는 팥 붕어빵.

이제 곧 아이들이 자라서 독립하면 나처럼 남편도 허전함을 느낄 것이다. 남편의 허전함을 채워 주기 위해, 그리고 내 허전함을 남편으로 채우기 위해 지금부터라도 남편을 첫 번째로 챙겨야겠다는 생각이 들었다. 내가 좋아하는 슈크림 붕어빵은 두 마리만 담고 남편이 좋아하는 팥 붕어빵을 여섯 마리 넣었다.

붕어빵을 들고 집으로 돌아오는 길, 남편을 바라보며 잠시 뜸을 들이다 말했다.

"여보, 손잡고 갈래?"

남편이 퉁명스럽게 싫다고 말했지만, 말과는 다르게 표정은 싫지 않은 뉘앙스다. 싫어도 손잡고 가자고 한 번 더 묻자, 남편은 특유의 자존심을 지키며 팔짱 껴 보라고 말했다.

신혼 때는 늘 팔짱을 꼈다. 아이가 태어난 후로 아이 손을 잡느라 남편과 팔짱 낀 기억이 가물가물했다. 아이 먼저 챙기느라 뒷전이었던 남편이다. 한 손으로는 붕어빵 봉지를 안고 다른 손으로 남편의 팔을 살짝 잡았다. 금방 구워낸 붕어빵 봉지보다 남편의 팔이 더 따뜻한 것 같았다.

엘리베이터 안, 남편과 둘이 나란히 섰다. 붕어빵 냄새가 가득 퍼졌다. 이제 차차 우리 곁을 떠날 아이들의 빈자리가 너무 크지 않도록, 앞으로는 남편과 자주 손도 잡고, 팔짱도 껴야겠다. 아이들이 떠난 뒤에도 공허하지 않게 남편과 둘이 '함께'를 준비하겠다는 마음으로. 다 자라서 독립한 아이들이 집으로 돌아왔을 때 엄마, 아빠가 다정하게 잘 지내며 따뜻하게 반겨줄 수 있기를 기원하면서. 세상에서 가장 친한 내 친구, 남편과 친해지기 프로젝트를 지금 당장 시작하려 한다.

8

함께 꾸는 꿈은 행복하다

한지유

'함께'라는 의미는 공감이고, 나를 믿는 확실한 나침반이다.

초등학생 때부터 꿈이 있어 비교적 진로를 빨리 정했었다. 애들이 "나는 아직 꿈이 없어."라고 할 때 나는 선생님을 외쳤다. 하지만 현실적으로 선생님이 되는 길이 쉽지 않다는 사실을 깨달았다. 유치원 선생님으로 바뀌었다. 생각해 보니 요즘 시대는 저출산 시대이기 때문에 내가 선생님이 되고 나선 반에 애들이 10명을 겨우 넘길 것 같아 유치원 선생님이란 꿈도 접었다. 요리사가 되기로 마음을 먹었다. 요리사는 부모님이 반대하시고 성공하기 어려울 것 같아 또 접었다. 최종적으로 꿈이 생겼다. 바로 "사육사"이다. 사육사가 되기로 다짐한 이유는 나는 동물을 매우 좋아한다. 내가 좋아하는 것을 하고 웃으면서 행복하게 돈을 벌고 싶기 때문에 사육사가 제일 적합하다고 생각했다. 사육사로 진로를 정했다. 꿈을 꾸는 일은 행복으로 향해 나아가는 여정이 아닐까. 꿈을 꾸는 일에는 종종 두 가지의 무게가 따른다. 하나는 목표를 향해 나아가는 과정의 노력이고, 다른 하나는 '실패할지도 모른다.'라는 불안감이다. 중학교 3학년, 고등학교 진학이라는 구체적인 목표가 눈앞에 다가왔을 때, 나는 그 무거운 압박감을 혼자 감당해야 한다고 믿었다. 성적표를 받아드는 순간의 긴장감, 밤늦게까지 책상에 앉아 겪는 막막함, 그리고 '이 길이 맞을까?'라는 불안감까지, 내가 좋아하는 일을 향해 나아가는 건데 잘할 수 있을까 하는 생각이 내 마음에 걸림돌이 되었다. 친구들과 함께 꿈을 공유하는 순간, 그 꿈의 무게가 반으로 줄어들었다. 친구의 사소한 웃음, 긍정적인 농담 하나가 나를 다시 책상 앞에 앉게 만드는 힘이었다. 우리는 서로를 채찍질하지 않았고, 다만 함께 이 힘든 시간을 '버텨내고' 있다는 사실만으로도 외로움을 잊을 수 있었다. 모르는 문제가 생겼을 때, 답을 알려주는 것이 아니라 '나도 그 문제 어려웠어. 그런데 이렇게 해보니 풀리더라.'라며 경험을 공유하며 공감해주는 것이 우리만의 방식이었다. 나는 암기는 빨랐지만, 공식 이해가 필요한 수학 과목에는 약했다. 반면 친구 A는 핵심만 쏙 뽑아 정리하는 능력 덕분에 수학 과목에서 항상 좋은 성적을 받았다. 함께 공부하면서, 우리는 자연스럽게 서로의 강점을 배우고 따라 했다. 친구의 효율적인 공부법을 배우면서 나는 혼자라면 절대 발견하지 못했을 나만의 약점을 객관적으로 인지하고 개선할 기회를 얻었다. '함께' 공부한다는 것은 단순히 시간을 공유하는 것을 넘어, 서로의 지혜를 교환하고 성장 속도를 높이는 일이었다. 가장 결정적이었던 것은 고등학교 진학에 대한 솔직한 조언이었다. 다들 곧 중학교 졸업을 앞두고 고등학교 입학 준비를 한다. 애들은 "나는 온양 고등학교에 갈 거야.", "어 진짜? 나도 거기 갈건데."라고 말을 한다. 하지만 나는 전학을 와서 이 근처 고등학교들의 정보를 잘 몰라서 "나는 J 고등학교 갈 생각인데."라고 말하니 애들이 걱정스러운 마음으로 "거기 고등학교 진짜 꼴통이야 갈 곳이 못 돼, 너 거기 가면 공부 하나도 안 할 걸?"이라며 나를 진심으로 말렸다. 다른 애들한테도 다 들어보니 그 고 등학교는 공부를 하나도 안 하는 애들만 가는 학교였다. 나는 '애들이 정말 나를 위해서 진심으로 조언해 준 거구나.'라며 감동 먹었다. 나는 그래서 조언해준 친구들이 간다던 고등학교에 가기로 결정했다. 이 상황에서 나는 진정한 '함께'의 의미는 때로는 듣기 좋은 달콤한 위로보다 날카롭지만 진실된 조언을 건넬 수 있는 용기라는 것을 깨달았다. 친구들의 진심 어린 만류는 단순히 부정적인 경고가 아니었다. '우리는 네가 더 좋은 환경에서 꿈을 이룰 자격이 있다고 믿는다.'라는 따뜻한 표현이었다. 혼자였다면 잘못된 선택을 했을지 모르는 길에서, 친구들은 나를 위한 '나침반' 역할을 해 주었다. 그들의 조언 덕분에 나는 막연했던 불안감을 털어내고, 내 꿈을 위해 올바른 길을 찾아 나설 용기를 얻었다. 친구들이 함께해준다는 사실만으로 가장 확실하고 행복한 길이 되었다. 우리의 중학교 3학년은 힘든 입시 과정이었지만, 친구들과 함께 배움을 나누고 서로를 믿어주는 시간을 통해 가장 행복하고 값진 시간을 만들

수 있었다. 우리는 지금부터 고등학교에 가서도, 서로의 꿈을 응원하며 '함께' 배우고 성장하는 행복한 여정을 계속 이어 나갈 것이다. 행복은 혼자 꾸는 꿈이 아닌, 함께 만들어가는 이야기 속에 있다는 확신을 갖게 되었다.

배움, 서로에게 참고서

김미예

배움, 자기 확신, 기록은 내 삶을 지탱하는 도구다.

'혼자'에서 '함께'라는 인간관계 참 어렵다. 특히 내 마음을 몰라줄 때는 더 힘들고 괴롭다. 그게 가족이든, 일로 만난 관계이든 말이다. 서로 맞춰 간다는 것이 쉽지 않다.

나는 세 아이를 키우며 일하는 워킹맘이다. 아이를 돌보는 일도, 프리랜서로 혼자 모든 것을 해내야 하는 일 관련해서도 서툴다. 잘하고 싶지만, 힘에 부칠 때가 많다. 내 마음대로 되지 않는 일이 더 많기 때문이다.

부동산 광고 대행사 상담 및 영업 관련 21년 차다. 직장생활도 해봤고, 1인 기업인으로서 사람들도 만났다. 진심으로 존중하고 모든 걸 줬다고 생각했는데 상대는 내 생각과 다를 때가 많다. 거리가 좁혀지지 않을 때는 몇 날 며칠 골머리 썩는다. 작은 불씨가 내 마음을 휘젓는다. 꽁하고 가슴속에 묻는다.

엄마와 나, 두 개의 서정시

세 아이를 낳고 키우고 있지만 같은 뱃속에서 나왔는데 모두 다르다. 첫째로 나와 만난 큰딸 지연이는 8년을 외동으로 사랑을 독차지했던 터라 이해력과 사랑이 좀 부족하다. 일한다고 돈으로 해결하려 했다. 처음이라 어떻게 하는 것이 딸에게 잘하는 건지 몰랐다. 그저 키우다 보면 어떻게 되겠지. 배울 생각도 하지 않고 지나갈 거라 여겼다. 여전히 서툴고 어려워 첫째를 제대로 안아주지도 못했다. 가끔 말한다. 엄마는 나를 외롭게 방치했어. 엄마와 놀러 가고 싶은 곳이 있어도 맨날 일이 우선이라 내 말을 들어주지 않았어. 서운하다 신호 보냈는데도 엄만 무시했어. 다른 애들이 부러웠어. 걔네들은 늘 엄마와 함께였거든. 엄마 몰랐지? 내가 필요할 때, 엄마는 다른 곳을 보고 있는 낯선 사람이었어.

큰딸과 8년 차이 나는 둘째 지유는 언니와 동생 사이에 치여 일찍 커버렸다. 유독 지유에게 엄했다. 아직 어린 딸에게 빨리빨리 재촉했고, 살갑게 대하지 못했다. 사랑받고 싶어서 늘 내 주위를 맴돌았지만 나는 귀찮게만 생각해 자꾸 밀어냈다. 미련하고 바보 같다고 구박했다. 일하면서 아이들에게 마음을 쓴다는 것이 내게는 무리였다. 쉬고 싶은데 봐야 하는 아이들이 있으니 지쳤던 거다. 자격이 없다는 생각도 했었다.

그러던 중 셋째가 생겼다. 마흔둘에 낳았다. 돌 전후로 심장에 구멍이 생겨 병원을 왔다 갔다 하면서 신경 써야 했다. 모든 게 서툴렀던 나는 알아야 했다. 공부하기 시작했다. 아이들을 책임져야 했다.

복잡하고 빠르게 돌아가는 세상에서 내 아이들을 지키기 위해서는 배워야 한다는 사실을 몸과 마음이 아픈 아이들을 키우면서 알게 되었다. 누군가 '아이는 말이야. 이렇게 키우는 거야!'라고 가르쳐 줬더라면 달랐을까? 머릿속으로만 기르려 하니 어려웠던 거다.

　나의 첫 번째 스승은 아이들이다. 아이들을 통해 속 좁은 나를 일으켜 세웠다. 무뎌졌던 시선과 감각을 깨울 수 있었다. 엄마가 처음이어서 배워야 했고, 배우는 과정에서 시행착오를 개선해 나갔다. 아이들에게 세상에서 너희들이 가장 소중하고 존재 자체로 귀중하다는 것을 알려 주고 싶었다. 딸들에게 엄마의 삶이 참고서가 되기를 바랐다.

　실패할 수 있어. 세상에 완벽한 사람은 없거든. 중요한 건 넘어졌을 때 바로 털고 일어설 수 있으면 되는 거야. 넘어졌던 경험이 너의 마음속에 자리하게 될 거고. 다음에는 똑같은 상황이 발생했을 때 넘어지지 않는 방법을 터득하게 되겠지. 한 뼘 더 성장하게 될 거란 확신이 생기는 거지. 그 순간들이 너를 지켜주는 보물이 될 거야. 멈추지 않고 꾸준하게 노력하고 너를 위해, 너 자신을 사랑하는 법을 무기로 장착할 수 있는 방법이 바로 배움이야.

　두 번째 스승은 남편이다. 서로 다른 인생을 살아온 남녀가 만나 맞춰가는 과정이 쉽지 않다. 매일 부딪힌다. 좁혀지지 않으면 싸운다. 부부 싸움 칼로 물 베기라 했지만 보통 일이 아니다. 양보하지 않으면 오래간다. 좋았다가도 꼴도 보기 싫을 때가 다반사다. 살아야 하니까 한쪽에서 포기하고 맞춰 간다. 미운 정 고운 정 속에 나도 모르게 닮아 간다. 남편은 무뚝뚝하다. 표현에 서툴다. 남편의 말 때문에 상처를 많이 받았다. 정작 당사자는 내가 왜 서운했는지 알지 못한다.

부부란 서로의 생각을 대화로 풀어가야 하거늘 우린 할 말을 제때 하지 못하고 살았다. 둘 다 사람을 상대하는 직업을 갖고 살다 보니 집에 오면 아무 말도 하지 않고 그저 상대가 알아주면 좋겠고, 쉬고 싶은 마음뿐이다. 처음엔 이 사람이 왜 나와 결혼했을까, 고민했다. 도통 나를 좋아하지 않는 것 같았기 때문이다. 나 또한 애교가 많지 않았다. 곰살맞게 굴지도 못했다. 물어보지 않으면 굳이 말을 걸지 않았다. 그러니 속에 어떤 생각을 품고 있는지 알지 못하는 건 어쩌면 당연한지도 모른다. 23년째가 되던 해부터 바꾸기 시작했다. 일부러라도 남편에게 오빠, 수건걸이 좀 만들어 줘. 거기 싱크대에서 볼 하나만 꺼내 줘. 같이 산책할까 등 말을 걸었다. 내가 생각을 바꾸니 남편도 조금씩 달라지기 시작했다. 서로의 다름을 인정하고 남편의 행동에 대해서도 존중하기 시작했다. 경험은 좋은 참고서가 된다.

세 번째 스승은 광고주와 고객이다. 혜택이 될 만한 부분을 찾아 권하고 합리적인 가격에 상품을 구매할 수 있도록 안내한다. 사후 관리는 영업시간이 끝난 후에도 고객이 요청하면 무조건 응한다. 그럼에도 불구하고 광고주는 주변 영업사원들의 입김에 부르르 떤다. 어제까지 '최고'

라고 했던 광고주가 오늘 불평불만을 터뜨리며 해지 요청한다. 이해할 수 있도록 설명 드리지만, 이미 돌아선 광고주의 마음은 쉬 돌아오지 않는다. 속상하다. 지금까지 광고주를 위해 노력했다. 다른 사람의 마음을 내가 어쩌지는 못한다. 그저 내 할 도리를 다할 뿐. 기다리는 법을 배운다. 흔들리지 않고 중심 잡는 법을 터득한다. 내 남은 삶을 설계하고 매일 참고서에 쌓일 수 있도록 어제와 오늘을 기록한다.

딸, 남편, 광고주와 고객이 없었다면 나의 참고서는 텅텅 비어 있을 것이다. 엄마의 참고서에 계속해서 차곡차곡 채워 나가려 한다. 우리의 삶은 '하나'가 아니라 '둘'이어서 더 완전하고, 함께여서 배울 수 있는 다양한 틀이 있었고, 그 틀은 삶이라는 참고서로 내 곁에 남아 있다.

상처받지 않기 위해서는 상대방의 말, 태도에 연연하지 말고, 내 할 도리만 하면 된다는 생각으로 살면 조금은 여유로운 마음으로 살아갈 수 있으리라.

내 마음이 편안하면 된다. 다른 사람이 뭐라 하든 내 할 도리를 했기에 나는 보람을 느낄 수 있다. 타인의 말에 흔들리지 않는다. 오늘도 나는 참고서에 '배움', '자기 확신', '기록' 세 가지 키워드를 새긴다. 남은 삶의 페이지도 서로에게 밑줄을 그어주며 꼼꼼하게 채워 나갔으면 좋겠다.

마치는 글

김선윤

2025년 1월부터 12월까지 이야기를 담았다. 4학년을 마무리하며 이 책을 썼다. 옷을 옷장에 집어넣는 느낌이랄까? 언젠가는 또 이 기억을 꺼내 볼 수 있게 될 것이다. 2025년 한 해와 책을 같이 마무리해서 좋다. 나에게 올해는 성장의 계단이었다. 이별, 작가의 마감일인 데드라인, 슬픔, 따돌림, 아픔을 경험했기 때문이다. 내가 좋아하는 담임 선생님 덕분에 성장할 수 있었다.

안녕, 4학년. 안녕, 2025년. 안녕, 희년. 안녕, 모두들.

김희진

다섯 편의 글을 쓰며 올해를 마무리한다. 아이와 함께하는 공저라 여느 때보다 신경이 더 쓰였다. 내 글만 쓰면 끝나는 게 아니기 때문이다. 흰 종이 앞에서는 누구나 공평하다. 그 마음을 알기에 마냥 재촉할 수

만은 없었다. 이번 공저 덕분에 아이 마음을 글로 볼 수 있었다. 긴 글을 쓸 기회가 많지 않은 요즘. 공저가 아니었다면 평온했을 날들. 그럼에도 많은 엄마와 아이가 함께 글쓰기를 권유해 본다. 쓰면서 얻는 게 많았다. 그냥 두면 사라질 추억, 기록으로 기억하며 기적을 만들어 내길 바라본다.

김우진

제 이야기를 다 쓰고 나니 마음이 조금 조용해졌습니다. 처음에는 글을 쓰면서도 계속 게임이 하고 싶었지만, 글을 다 쓰고 고개를 들었을 때, 고양이 이슬이와 눈을 마주쳤는데 고양이가 귀엽게 나를 가만히 바라보고 있어서 정말 기뻤습니다. 글을 쓰다 보면 마음이 차분해진다는 걸 알게 되었습니다.

처음엔 같이 쓰자고 해서 시작했지만, 지금은 혼자 글 쓰는 시간도 좋아졌습니다. 아직 많이 부족한 글이지만 끝까지 읽어주셔서 감사합니다. 앞으로도 저는 글과 책을 통해 제 마음을 잘 키워가겠습니다.

이석경

사랑은 처음부터 정답을 알고 시작되는 감정이 아니었습니다. 세월이 흐르며 깨달았지요. 상처가 있었기 때문에 더 깊이 사랑하게 되고, 미안함이 있었기 때문에 다시 손을 잡을 수 있었다는 것을. 엄마가 되고, 다시 할머니가 되면서 나는 마음의 흐름을 보게 되었습니다. 미안함이 고마움으로, 서운함이 이해로, 서투름이 성숙으로 바뀌는 기적을. 우리는 그리 완벽한 존재가 아니었지만, 그래도 서로에게 머물고자 애쓰는 마음만큼은 언제나 진심이었습니다. 이 책은 거창한 사랑 이야기가 아닙니다. 삶의 틈 사이에서 배우고 깨닫고 단단해진, 아주 소박하지만 가장 진짜인 사랑의 기록입니다.

안주원

아직은 잘하는 것도, 꿈도 뚜렷하지 않은 평범한 중학생입니다. 그래도 요즘은 자신에 대해 조금씩 알아가고 있다고 느낍니다. 지금 당장은 제가 무엇을 좋아하고 잘하는지 정확히 모르겠습니다. 하지만 여러 경험을 하다 보면 자연스럽게 답을 찾을 수 있을 거라고 생각합니다. 실수도 하고 실패도 하겠지만, 그 과정도 다 의미 있다고 믿습니다. 이 글을 쓰면서 제 생각을 정리할 수 있어서 좋았습니다. 이 글을 읽으실 독자분들의 반응이 기대됩니다. 내 책을 읽을 나의 모습도 기대됩니다. 감사합니다.

안주하

처음 엄마가 책을 써 보자고 했을 때 망설였습니다. 내가 좋은 내용을 쓸 수 있을까, 약속한 시간에 쓸 수 있을까 걱정이 먼저 되었기 때문입니다. 그런데 막상 써 보니 재미있었습니다. 책 쓰기 생각보다 재미있다는 생각에 자신감이 생겼습니다. 오빠와 엄마의 글을 보면서 저와 비슷한 점이 많아서 놀랐습니다. 그리고 제가 모르던 이야기도 알게 되어서 재미있었습니다. 다른 작가님들의 글도 얼른 만나보고 싶습니다. 아직 초등학생인 여러분도 작가에 도전해 보세요. 생각보다 멋진 일이에요.

강혜진

아이들과 함께 글을 쓰다니 꿈만 같다. 글 쓰는 동안 아이를 낳고 엄마가 되던 첫날을 떠올려보았다. 그땐 손가락 5개, 발가락 5개 달린 건강한 아이가 태어난 것만으로도 세상을 다 가진 듯 기뻤다. 살다 보니 욕심이 많아져 그날을 자꾸 잊는다. 아이가 별 탈 없이 아침밥을 먹고 건강하게 학교로 등교한 오늘, 무사히 가방을 메고 집으로 돌아온 오늘. 모든 순간이 기적이고 감사한 일이라는 걸 글 쓰며 다시 한번 깨닫는다. 주원아, 주하야, 건강하고 행복하자. 매일 감사하고 사랑하며 살자꾸나.

한지유

중학교 3학년, 엄마가 책을 써 보자고 제안하셨다. 귀찮았다. 책 한 권 제대로 읽지도 않은 내가 책을 쓴다고? 엄마는 '초보 작가'라고 말씀하신다. 그러나 '내가 엄마의 프로젝트를 망치면 어쩌나?'라는 생각에 선뜻 대답하지 못했다. 뭘 어떻게 써야 할지 몰랐고, 내 이야기를 꺼낸다

엄마와 나, 두 개의 서정시

는 게 부끄러웠다. 시작이 두려웠다. 옆에서 엄마가 해 보라는 대로 마지못해 시작했다. 내가 쓴 글을 읽고 고치고 다시 읽어보니 '생각'을 하게 되고 차분해지는 느낌이 들었다. '내게 온 기회' 그리고 왠지 모를 설렘으로 다가왔다.

김미예

워킹맘, 쏘아 올린 화살이 과녁을 맞추듯 하루가 쏜살같다. 한 해를 마치기 전, 딸에게 특별한 경험을 선물로 주고 싶었다. 다른 사람들을 돕기 위해 글을 쓰는 작가가 되었다. 막상 나와 내 아이는 대화할 시간조차 부족하다. 딸과 함께 글쓰기 여행하고 싶었다. 중학교 3학년. 친구가 중요하고 예민할 시기다. 이 글을 쓰면서 딸의 마음을 들여다볼 수 있었다. 쉽게 꺼내지 않았던 이야기, 부모에게 칭찬받고 싶은 딸, 친구들과의 인간관계를 고민하는 또래의 생각을 엿보았다. 글과 함께한 딸과의 시간 여행, 선물이다.

읽으며 기억하고 싶은 문장

누군가에게 알리고 싶은 나만의 기억

내가 싫어하는 것들이 지니는 의미

사랑하는 사람에게 전하고 싶은 말

지금 내 곁에 함께하는 사람의 장점